〔西班牙〕哈维尔·马里亚斯 著

徐蕾 译

万灵

Todas
las
almas

Javier
Marías

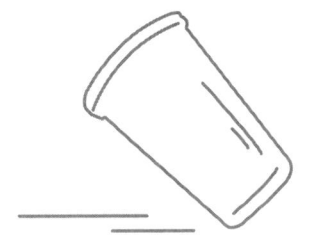

南海出版公司

新经典文化股份有限公司
www.readinglife.com
出 品

献给
埃里克·索斯沃斯
我的前任维森特和菲利克斯
以及埃利德

自我离开牛津，那三人中的两位已经去世。这让我不禁迷信地想，也许他们当时等我到那儿、共度一段光阴，就是为了让我有机会认识他们、现在能谈论他们。因此，我——同样出于迷信——有义务谈论他们。他们一直等到我不再跟他们来往了才离开人世。如果我仍然待在他们的世界，待在牛津（仍然生活在他们的日常中），或许他们今天都还活着。这种想法不仅迷信，也很自负。不过，要谈论他们就得谈到我自己，谈我在牛津的时光，尽管现在正说话的人已经不是当初待在牛津的那个人了。看似是同一个，实则不然。如果我把自己称作"我"，或者使用自出生便伴随我且将来一些人赖以回忆我的名字；如果我讲的事情跟其他人安在我头上的事情恰巧吻合；如果我把居住了两年、之前或之后都由其他人居住的房子称作"我的家"，那只是因为我更希望用第一人称来讲述，而不是因为我相信仅凭记忆一个人便可以始终如一，哪管时移世易。在这儿讲述目睹与经历之事的人已不是当年目睹与经历那些事的人了。他也不是那个人的延续，不是他的影子、继承者甚或篡位者。

我的家共三层，上窄下宽，呈金字塔形。我在牛津的工作任务几乎为零，或者可以说是压根儿不存在，所以多数时间我都待在家里。确实，牛津是全世界工作最少的城市之一，这一点无可辩驳。在这个地方，存在本身比做事甚至行动起来更重要。在那里，仅仅是"存在"，便要求你凝神屏气、充满耐心，费尽全力与天然的恹恹之气做斗争。如果还想让它的居民们表现出生龙活虎的样子，尤其是在公共场合，那就太过苛刻了。每两堂课之间，我的一些同事都会风风火火地从一处赶往另一处，希望给人留下一种永远都气喘吁吁、忙碌至极的印象，但其实他们的课可以说是或者必定是在最平静、最悠闲的状态下完成的，这些课是"存在"的一部分，而不是"做事"甚至"行动"的一部分。克罗默-布莱克和讯问者就是这样（讯问者是亚历克·迪尤尔，人们也叫他"开膛人"或"屠夫"）。

但有一个人拒绝这一切虚假的动态，以身体与言语为此地的静止或者说稳定赋形，他就是威尔，那栋大楼的老门房（那是我平静、悠闲地工作的地方，有个堂皇的拉丁语风格的名字——泰勒研究院)。① 我从未见过哪位年近九十的老者有如此清澈的目光（在我的家乡马德里当然没见过，那儿压根儿没有清澈的目光）。他身材矮小、气质优雅，每天一成不变地穿着蓝色制服，很多个清晨，他都待在那间玻璃门房里，跟进门的教授打招呼。威尔完全不知道每天是几号，谁也无法预料他决定活在哪一天，更不知道他是如何做出此等决定的。每一天，他都活在不同的年份，根据自己的喜好漫步在过去或未来，确切地说，这也许并非出自他本人的意愿。那些日子不是他自己选择的，而是他真的就活在一九四七年，或者一九一四年、一九三五年、一九六〇年、一九二六年，又或者他漫长人生中的任意一年。有时，你甚至能通过威尔一个略显害怕的表情揣度出他正处于某个糟糕的年头（他太过纯粹，内心绝容不下焦虑，因为他绝没有与此种情感息息相关的未来观），不过，这个表情从不会让他那充满希望、骄矜的目光黯淡下去。你可以猜测到，对他来说，一九四〇年的某个早晨尽是对头天晚上或者将要到来的轰炸的恐惧；一九一六年的某个上午，他听到索姆河战役的消息后陷入

---

① 泰勒研究院（Institutio Tayloriana），牛津大学最重要的图书馆之一，也是其现代欧洲语言文学研究的中心，通称"泰勒院"（Taylorian）。

悲恸；一九三〇年的某天上午，他醒来时口袋里一分钱没有，眼神中透着探寻与羞赧，如同那些必须出去借钱，却又无法决定找谁借的人一样。还有些日子，他不再像平日那般笑意盈盈，热情洋溢的目光略显呆滞，让人不明所以——甚至压根儿没法去揣测，因为很显然这都源自他个人生活中的忧伤和痛苦，而这一切从未博得任何学生或教授的关注。对于旁人来说，在他无尽的人生旅行中，几乎一切都是难以捉摸的（犹如几个世纪前的肖像画或者前天拍的照片）。当威尔只是似笑非笑，而非像心情愉悦时甚至平常的日子里那样热情地挥手打招呼时，我们怎能知道，他正活在自己漫长岁月中某一个苦难的日子里？当他没有孩子气地挥着手跟大家道"早上好"时，我们怎会知道，他正跋涉在无尽旅途中某一段忧伤的路？他笔直举起的手让人深信，在那个冷冰冰的城市，还有人真心乐意见到你，尽管他根本不知道你是谁——这么说吧，威尔每天早上看到你时，都以为是跟头一天不同的人呢。威尔在玻璃门房后面度过了诸多波澜不惊的日子，只有一次，多亏了克罗默－布莱克，我才知道他究竟处于何种时刻。克罗默－布莱克在大楼门口等着我，提醒说：

"你安慰一下威尔吧。他今天似乎过的是一九六二年他老伴去世的日子。如果我们路过的时候没有一个人注意到，他会难过的。他现在很悲伤，不过他生来开朗，今天刚好能保留一点点笑容来享受他人的关注。因此，某种意义上，他也乐在其中。"克罗默-布莱克抚摩着自己过早变白的头发，不再看我，又说道："希望他不要每天都活在这一天中，否则咱们每天早上进门时，嘴边都得带着哀悼的话了。"

威尔身穿蓝色制服，里面是一件白衬衫，系着黑色领带。他明亮的眼睛显得比平时更透明、更湿润，可能是因为他一整夜都在见证死亡，都在泪水中度过。门房的门敞开着，我走过去，把手搭在他肩膀上，发现他瘦骨嶙峋。我不知道说什么好。

"早上好，威尔，尽管今天对你来说有些难熬。我刚知道这消息，我很抱歉，我能说什么呢？"

威尔温和地笑了，粉色的面庞再次明朗起来，看上去很光洁。他把手放在我的手上面，无力地拍了几下，仿佛是他在安慰我。克罗默-布莱克把长袍搭在肩上，观察着我们（他永远把长袍搭在肩上，永远在观察）。

"谢谢您，特雷弗先生。您说得对。这几天对我来说真是糟透了。她昨晚走的，您知道吗？就在凌晨。她病恹恹的，有一段日子了，但是没那么糟糕。今天早上我醒来，她已经不行了。没有征兆，一下子就没了，也许她不想把我吵醒。我跟她说让她等等，但她等不了了。她甚至没给我时间让我起床。"威尔自己停了下来，然后问道，"特雷弗先生，我这条领带怎么样？我不常戴它。"他笑了，又说道："不过，她这辈子过得挺好，我是这么认为的，而且活得不算短了。您知道吧，她比我大五岁。她大我五岁。现在说出来没关系了。现在，我也许还会老下去。我会一年一年活下去，最后可能活得比她还长。"他不是很有把握地摸了摸领带："还有——虽然这日子对我来说很糟糕，但我没理由不祝您早安。早安，特雷弗先生。"

他的手松开我的手（还放在他的肩膀上）时，并不像往常那样轻盈，但他终究还是抬起手来打了个笔直的招呼。

那天早上，我们活在一九六二年，所以我是特雷弗先生。如果威尔活在三十年代，我就是诺特博士；五十年代呢，他就会把我当成雷内先生。在一九一四年的战争中，我就会变成阿什莫尔－琼斯博士。二十年代，是布罗姆先生；四十年代，是迈尔博士；七八十年代，是马吉尔博士。要想知道威尔这位时间旅行者每天早上选择哪个年代、向着哪个年代走去，这就是唯一的办法了。对他来说，每一天，我都是一个属于过去的、不同的教职人员；而在他精神所选择栖居的特定时间段里,我又始终是同一个人。他从不会弄错。在他那脱离时间的、异常纯净的眼睛中,马吉尔博士、迈尔博士、布罗姆先生、阿什莫尔-琼斯博士、雷内先生、诺特博士、特雷弗先生都通过我回到了各自的过往日常。这些人有的已经死了,有些退了休,还有一部分调走了或者消失了。除了名字,关于他们的一切记忆都烟消云散了;他们中有的人还因为什么严重的过失被大学除了名。而可怜的威尔在他永恒的门房中,对一切浑然不知。

奇怪的是,有些早晨,还有一位叫布兰肖的先生在我身上复活。谁也不记得这位布兰肖,对他一无所知。每次听到威尔对我说"早上好,布兰肖先生",我都会想,他在时间之轴上移动的本领会不会也涵盖了未来(也许是比较近的、覆盖他所剩无几的时光的未来);他是否已置身九十年代[①],在跟一个尚未来到牛津的人打招呼。而这个人,无论此时身在何处,尚不知道自己有一天会住在这座城市:冷冰冰、封存在糖浆里的城市——这是不久前我的一位前任说的。威尔那双梦境般的、明澈的眼睛或许也认不出此

---

① 《万灵》完稿于1988年,这里指的是20世纪90年代。

人，没准儿会把我的名字安在他身上。而这个名字，当威尔在泰勒院的入口处热情地向我挥手致意时，是从未叫出来过的。

我说过，我在牛津城的工作几近于无，这让我常常感到自己只是个装饰。然而，我很清楚，单凭我的存在事实上很难装饰到什么，因此我偶尔会觉得自己应该穿上那身黑色长袍（如今仅在极少数场合才要求穿着），主要为了取悦每天从我那金字塔形的家走到泰勒院的路上遇见的乌泱乌泱的游客，其次是好让自己能更理直气壮地当个装饰。有时我就这副装扮去教室，给不同的学生上我那点少得可怜的课或开讲座。这些学生个个都对我恭敬有加，不过冷漠大于恭敬。从年龄上来说，我更接近他们，而非绝大多数的会众①（依据这里浓厚的宗教传统，人们如此称呼大学的先生②或教授们）成员。但是只消我紧张兮兮地登上讲台，与学生进行寥寥几个小时的眼神交流，我们之间就能产生天壤之别，如同国王与臣民。我在上，他们在下，我

---

① 会众（congregation），牛津大学的最高立法机构，由全体正式教职员工组成。该词源自拉丁语，原指宗教集会及其集体决策机制。
② 原文为"don"，在英国牛津、剑桥等传统学院制大学中，专指学院研究员、导师等核心教学成员。该词最初用来尊称神职人员或学者。

面前是一个漂亮的讲稿架,而他们面前是有划痕的简陋课桌,我身穿黑色长袍(顺便一提,上边的饰带是剑桥的而不是牛津的,以便进一步拉开我们的距离),而他们没有。于是,当我给他们讲战后一片荒寂的西班牙文学时,在我侃侃而谈、发表那些带有偏见的言论时,他们从不质疑,甚至连问题都不会提。而这一个小时对我来说漫长得如同文人们(那些极少数的反佛朗哥人士)眼中的战后时光。①

在我和英国同事一同讲授的翻译课上,学生们倒是提问题的。同事负责给这些课选材料(标题太怪诞了,我暂且不提,以免无端制造谜题,再说也没什么紧要的)。这些文本复杂晦涩,要么就尽是些方言,经常有一些陈腐、神秘莫测的单词,我这辈子见所未见,闻所未闻,当然学生们这辈子也永远不会再见到或听到。于是,我不得不即兴为它们编造一些定义。这些单词花枝招展,令人难忘(毫无疑问是一些病态的脑袋想出来的),我格外热情地记住了一些,比如"praseodimio""jarampero""guadameco""engibacaire"等(我也没能忘记"briaga"这个词,它出现在一篇有关葡

---

① 此处的战争指的是 1936 年至 1939 年间发生的西班牙内战。战后,佛朗西斯科·佛朗哥开始了长达 30 余年的独裁统治。

萄酒生意的、辞藻华丽的文章中)。① 我现在把它们译成了英文，而且很清楚每个词的意思，但我得承认，当时我压根儿不认识它们，尽管这么说会显得我很白痴。直到今天，我仍惊叹于这些单词的存在。在这样的课堂上，我的角色比在讲座上更冒险，因为我需要夸夸其谈，充当行走的语法和词典，这极大地损耗了我的反应能力。最难的问题是关于词源学的，很快我便丧失耐心，开始肆无忌惮地即兴胡诌，投其所好，同时给自己找台阶下。我相信我的学生和同事中没有谁会好奇心蠢动，去确认我的回答是否属实（就算有这个好奇心，我相信他们也足够善良，不至于第二天揭穿我，说我胡说八道）。于是，碰上我觉得居心叵测并且异常荒谬的问题时——比如"papirotazo"②的词源是什么，我就毫不犹豫地报以一个更加荒谬、更加居心叵测的回答：

"Papirotazo，是的，没错——用手指弹击一下，就是如此。在十九世纪初，人们正是这样弹击在埃及发现的莎草纸③的，以此测试它的韧性，并推断它的年代。"

---

① 这几个词分别意为"锴""运送走私货物的小船""（旧时女性的）饰品""无赖"和"吊索"。
② 意为"（用手指）弹脑袋"。
③ "莎草纸"在西班牙语中写作"papiro"。

没有半点儿激烈的反应，也没有人想要争辩说哪怕只来上一次"papirotazo"，任何经朝历代的莎草纸都会化为碎屑。相反，学生们记着笔记。英国同事显然被这个单词粗俗的音效震住了，也可能是被突然浮现的拿破仑时代的埃及迷住了，他对我的解释表示赞同（"大家听到了吧？'Papirotazo'源自'papiro'——pa-pi-ro, pa-pi-ro-ta-zo"），我这下来了勇气，加了个博学的注解以坚持并完善我的谎话：

"所以，这是一个相当新的词语，跟一个更老的单词'capirotazo'①很像，表示一种令人痛苦而有侮辱性的击打方式，"我顿了顿，对着空气演示了一下"papirotazo"，"过去人们在圣周②游行时，就会这样对待那些用兜帽蒙面的忏悔者，更确切地说，就是弹击他们所戴的'capirotes'③的一角，以此表示羞辱。"

我的同事永远都会表示赞许。（"大家听到了吗？ca-pi-ro-te, ca-pi-ro-ta-zo。"）英国教授们朗诵这些荒谬的西语单词时所表现出的快意常常让我动容。而他们最满足的，

---

① 意为"（用手指）弹脑袋"。
② 基督教的重要节日，指复活节前的一周，以纪念耶稣在受难前一周内的种种经历。通常在3月至4月之间。
③ 意为"尖帽"。

是那些由四个或更多音节组成的单词。我记得屠夫沉醉其中，甚至得意地把一条腿跷起来，过短的袜子和血口大盆般的鞋子让他苍白的小腿一览无余。他放肆但不失优雅地把腿搁在空空的课桌上，一边喜不自胜地拼读着("Ve-ri-cue-to, ve-ri-cue-to。Mo-fle-tu-do, mo-fle-tu-do"①)，一边随音律晃动着腿。事实上，我后来不得不猜测，我的同事们对我那些纯属想象的词源学解释报以掌声，纯粹是出于他们的良好教养、友善和娱乐精神。在牛津，没有谁会以清楚直白的方式说出任何事（坦率是最不能原谅的错误，也是最让人不知所措的错误）。两年居留期结束时我去向讯问者迪尤尔告别，他那番虚张声势的话语才使我意识到这一点。他说：

"我会想念你那些无与伦比的词源学知识的。你的讲解一直让我深感惊喜。我到现在还记得当时你说'papirotazo'来自'papo'②，因为它指的是给对手的'papada'③一击，我当时多惊讶啊，简直是目瞪口呆！"他顿了顿，心满意足地看着我尴尬又方寸大乱的样子。他咂了咂嘴，又说："词

---

① 分别意为"崎岖不平的路段""胖乎乎的脸蛋"。
② 意为"下巴"。
③ 意为"双下巴"。

源学是一门激动人心的学科，遗憾的是，学生们，这些可怜的孩子们，不识好歹，从咱们这里听来的美好知识最后会忘掉百分之九十五。咱们那些美好的发现只能在几分钟内——顶多到下课前吧，让他们惊叹。不过，我会记得的：pa-pa-da，pa-pi-ro-ta-zo，"他微微弯了弯腿，"谁会想得到呢。太妙了！"

我面红耳赤，一待有时间，就奔到图书馆查词典，结果发现那个著名的"papirotazo"果真源于"papo"，正是过去人们遭受不光彩的一拳的地方。我比任何时候都感到自己是个冒牌货，同时心里又有些坦然，因为我那些荒谬的词源知识跟真的比起来，好像也算不得多离谱，或者更不可信。至少，我觉得这条解释和我即兴发挥的几乎同等怪诞。无论如何，正如开膛人说的那样，这类装饰性的知识没有几分钟生命，管它是假的、真的，还是半真半假。有时，真正的知识是无关紧要的，那么，也就可以被随意创造了。

我曾在牛津城没完没了地闲逛，几乎熟悉它的每一个角落，还有那些名字的重音落在倒数第三个音节上的郊区：黑丁顿、基德灵顿、伍尔弗科特、利特尔莫尔（还有更远的阿宾顿、卡兹登）。[①] 我也几乎认得三两年前出现在这里的每一张面孔，尽管很难再见到那些人。大多数时候我都是漫无目的地行走，但我清楚地记得，在牛津任教的第二个学期（他们称之为"希拉里学期"，包含一月至三月间的八个星期)[②]，有那么十来天，我都带着一个并不成熟、也不愿承认的目的在散步。那是我认识克莱尔和爱德华·贝斯前不久的事。实际上，我之所以中断或者说放弃了（没错，放弃）这个目的，正是因为认识了克莱尔·贝斯和她丈夫，而不仅仅是因为在某个大风天的下午，在宽街上，这个目

---

① 按西班牙语的发音规则来念这几个地名，重音都落在倒数第三个音节上。
② 牛津大学的学年分为 3 个学期，分别是米迦勒学期（10月至12月）、希拉里学期（1月至3月）、三一学期（4月至6月）。

的既达成又落空了。

那是个周五,大约是我经人介绍,跟克莱尔和爱德华·贝斯相识的十多天前,我乘火车从伦敦回来。那是午夜时分从帕丁顿站发出的末班车,每次周五或周六从首都回来,我通常都会坐这班车,因为我在那儿没有住处,得住旅馆,那对我来说是种奢侈,只能偶尔为之。我更愿意回家,即使有别的事情要办,也是第二天再过去,坐快车只需不到一个钟头。但是从伦敦到牛津的午夜车不是直达的。坐这班车有点麻烦,不过还是有补偿的,那就是跟吉列尔莫和米丽娅姆夫妇多待一个小时。他们住在南肯辛顿。那些在伦敦游荡的日子里,他们给予的热情和交谈,对我来说是最好的收尾。搭这趟末班车得在迪德科特转车,那是个小镇,除了它黄昏后黑黢黢的车站,我再没能看清别的东西。从那里回牛津的火车出奇地慢,有几次,我们这六七个从伦敦来换乘的乘客到达时,它并没有停在自己的轨道上(估计英国铁路公司觉得坐这趟车的人都是些不可救药的夜猫子,不用赶着回去睡觉,再晚点发车也无妨),于是我们只得在那个静悄悄、空荡荡的车站等候着。从黑暗中模模糊糊的轮廓看来,这个车站似乎从它所属的小镇中被剥离出来了,四周全是田野,仿佛是一个假的停靠点。

在英国，陌生人之间通常不会攀谈，即使是在火车上或者在漫长的等待中。迪德科特车站夜晚的寂静是我经历过的最深的寂静。时不时被零星、断续的声响打破时，这寂静只会显得更幽远——比如，一节车厢突然神秘地滑行几米又吱吱呀呀地停下；寒气冻醒了正打盹的小伙子（把他从噩梦中打捞出来），让他发出含糊不清的呓语；几只看不见的手，在既不紧迫也不匆忙的时分没来由地挪动了箱子，由此传来遥远而干脆的声响；还有啤酒罐被压扁扔进垃圾桶的金属碰撞声，一页报纸轻轻飞动的声音，我为了打发时间在月台边缘徒劳踱步的声音。为免浪费而相隔数十米的寥寥几盏灯怯生生地照着站台，站台还没打扫过，看上去仿佛刚举办过寒酸的派对——街头巷尾常见的那种。第二天才会有女人过来打扫，现在她们正在无人在意的迪德科特酣然入梦。

路灯忽闪忽闪的，让人几乎分不清站台和铁轨的间隙。其中一盏照亮了我从藏青色立领大衣中露出的脸，还有一个女人的鞋子和脚踝。我只能在黑暗中依稀看到她的身影，她坐着，身穿风衣；看到她跟我一样在等待时一点点燃尽的香烟。那天晚上的等待比往日更漫长。她的皮鞋在路面轻轻地踏出节奏，时长时短，仿佛她耳畔仍然萦绕着晚会上舞曲的旋律。那是双天真的少女或舞者才会穿的鞋子，带着搭扣，低跟，鞋头圆圆的。不用说，是双英国鞋。就是它们使我的目光不停转向右侧，让迪德科特车站凝固的时间变得容易忍受了些。我用真正的"papirotazo"把烟蒂弹到月台边（它们并不总能顺利地滑落下去），而她也朝同个一方向扔烟蒂，手臂的动作像是在有气无力地投掷皮球。我们各自的烟蒂就那么在地上并排躺着。扔烟蒂时，她的手进入光束中，十分之几秒里，我看到了一只手镯。我时不时站起身，一方面是为了看清黑暗深处的铁轨，一方面也是想看清这个抽烟的女人。她的脚被照亮了，不知循着什么节奏，一会儿跷起，一会儿放下。我在她面前踱上两三步又回到座位，仍只能看见那双英国鞋还有那被黑暗衬得完美的脚踝。在晚点的火车拖沓而疲倦地驶来前的两三分钟，她才站起身，在月台上缓缓踱步。这时传来了一名印度铁道工人浑浊的、被放大的声音。他宣布火车驶入迪德科特车站，接下来将途经班伯里、利明顿、沃里克、伯明翰（还是斯温顿、奇彭纳姆、巴斯、布里斯托尔？我不想查地图了，记忆中有这两条线，也可能把它们弄混了）。他的口音很重，外国人只能勉强猜测他在说什么。她这时站定了，等待列车停靠，手里的小包轻轻晃动着。我为她打开了车门。

我已经完全忘记她的面孔，却还记得她的颜色（黄色、蓝色、粉色、白色和红色）。但我知道，她是我年轻时一见之下最让我心动的女人。当然我也明白，这样的感叹往往只适用于年轻男人未能真正了解的女人，不管是在文学还是在现实中。我不记得自己怎么跟她搭讪的，也不记得迪德科特到牛津短短半小时的路程我们都谈了些什么。也许我们压根儿没交谈，只零星说了三四句话。但我确实记得，她虽不至于是学生，但看起来还十分年轻，谈不上优雅，风衣的领子敞得很开，我能看到一串珍珠项链（真假就不知道了）。根据几年前的风尚，应当是最讲究的英国姑娘戴的那种，哪怕她们穿着得再随意或不得体（因此她只能算是讲究，谈不上优雅）。她那短短的刘海和如今已模糊的面庞，让我感到她仿佛是三十年代的人。也许，门房威尔活在三十年代时，眼中的所有女性都是这样。无论如何，我们聊的内容都不算私密，因此我对她毫不了解。也许是她清澈的眼睛因疲倦闭上了，而我不敢打扰；也许是那半小时的旅程中，我凝视她的欲望远远胜过好奇以及心计；又或许是我们只谈到了迪德科特，那个渐行渐远，但我们还会回去的寒冷黑暗的车站。她在牛津下车，我却不懂得把握时机，坐出租时都没提出捎她一程。

从那时起，大约十来天，我都会下意识而有目的地在牛津逛荡，希望能再见到她。如果她不是观光而是就住在牛津，我的目的便并非不可实现。我比以往更长时间地流连在街头，而一天天地，她的面容也逐渐模糊，终于和其他人的混在一起。对于那些我们竭力想要记住的东西，记忆总是不够尊重（换句话说，记忆只能顺其自然）。也难怪今天我想不起她的任何面目特征——那是一幅没有完成的画作，轮廓已经勾勒出来，但没有上色，颜色虽已确定，却还未涂抹开来——尽管我可以肯定自己又见过她，甚至见过第三次、第四次。但唯一能确认的一次是十天后，那天刮着风，一切都发生得很快。我从布莱克威尔书店出来，赶去跟严苛的迪尤尔上翻译课。我留出的时间比平常要少，几乎要迟到了。我在书店里徘徊时就已经刮起了大风。我顶着风加快脚步，向前方望去。就在走了二十来步、到三一学院附近时，我遇到了两个同样步履匆匆的女人，她们都低着头避风。我又走了四五步（已与她擦肩而过），才意识到是她，于是转过身。令我惊讶的是，她和朋友也在走了四五步后停下并转过身来。隔着八九步的距离，我们真的遇见了。她微笑着喊道——更多是为了让我认出她来，而不是因为认出了我："火车上！在迪德科特！"我正犹豫着要不要上前，朋友扯了扯她的袖子，催促她快走。风吹起了她的裙摆，也吹乱了她短短的刘海。我记得清清楚楚，因为她站在宽街上喊出"火车上！在迪德科特！"的一刹那，她一只手拨开额前的乱发，另一只手按着被风吹起的裙子。"火车上！在迪德科特！"——我重复着，告诉她我认出来了（我那件藏青色大衣的下摆正抽打着我的腿）。但那个面目不清、讨厌又好催促的女友已经拉着她往反方向走了，而我马上要去泰勒院找迪尤尔。那一年剩余的时间里，我再也没有确切地见到她，接下来的一年也没有。等到那一年结束时，我离开了牛津，但并不是彻底回到马德里（至少当时还不是）。当然现在，很显然，我确实回来了。我最遗憾的是，第二次确切见到她时，没能留意她的英国鞋，也没能看清她的脚踝，它们在大风中一定显得更加纤细脆弱。那时，我太专注于被她小心翼翼捂住的裙摆了。

克莱尔·贝斯从不穿英国鞋，总是穿意大利鞋。我也从未见过她穿低跟、带搭扣或者圆头的鞋。她来我家时（为数不多的几次），我们碰巧一起去她家时（次数更少了），或者我俩待在伦敦、雷丁甚至布莱顿（只有一次）的酒店时，她做的第一件事总是用脚背把鞋子剥掉，一脚踢到墙上去，仿佛她有无数双鞋子，根本不在意弄坏几双。我立刻把鞋子捡起来，放到我们看不到的地方：看到空空的鞋子，我总会联想到曾经穿过它们，或者可能穿上它们的人。而看到这个人在我身边（没穿鞋子），或者压根儿看不到，都会让我陷入深深的不安（所以，每次看到老派鞋店的橱窗，我脑海中都会自动浮现出一大群人站得笔挺而局促、拥挤不堪的样子）。克莱尔·贝斯习惯于在任何地面上赤脚行走，这似乎是她童年时在德里和开罗那几年养成的（还好英国几乎处处都铺着地毯），因此我关于她双腿的最鲜明的记忆和大多数人不一样，不是穿着高跟鞋时那紧绷的、肌肉若隐若现的模样，而是她赤脚时，纤细修长、动起来有点孩子气的样子。在我的、她的或者酒店床上的那几个小时里，她会抽着烟，说个没完；她总是穿着裙子，裙边上扬，露出大腿和丝袜颜色最深的部分——有时只有大腿，什么也没穿。她总是不小心，常常划破丝袜，偶尔，我还会看到她袜子上被香烟蹭到留下的焦痕。她用一种在英国很少见的手势挥舞着烟（也许是儿时在那些南方国度学来的），手腕上好几只镯子叮当作响：她并不总是把它们摘下来。（她经常弄得烟灰四处飞落，这样的情景也毫不奇怪。）跟她有关的一切，都证明她是一个膨胀的、夸张的、紧张的生灵。时间这一概念并不适用于这样的人。他们需要为任何事情找到一个永恒的碎片，换句话说，需要永恒的东西来填充并溢满时间。而"时间"和"流逝"这些概念本身就是冒犯。为了这一点，为了让我们开始的这件事变得永恒，我们不止一次冒了风险：让她丈夫爱德华·贝斯目睹他心知肚明，却一直试图抗拒或遗忘的背影和痕迹。因此，每当克莱尔·贝斯躺在床上，抽着烟，做着手势，交叉、打开或者盘起双腿，高谈阔论着，极力赞美或批判她的过去和现在，为最近的将来做出一个又一个不切实际的计划——从未实现过半个，我总是不得不打断她那永无休止、离题万里的评论或絮叨。我得定好闹钟或盯紧床头的时钟，决定我们什么时候该分开；或者，如果在牛津，我得留神那些执着的钟声：每个整点、半点，每一刻钟，还有黄昏时分那不管不顾的鸣响；我得催促她，找出她到来后藏起的鞋子，把她的裙子抚平，提醒她不要落下雨伞，也不要忘记别在地毯上的胸针、放在洗手池上的戒指、她的袋子（如果是在她家，就要帮她扔掉烟蒂，更换床单，打开窗户，清洗我用过的杯子）。不管我们在哪儿见面，就算是周日，她永远都会带着一个袋子，里面是她买来的稀奇古怪的物件。克莱尔·贝斯什么都带在身上，不管到哪儿，都会把东西全部铺开，仿佛她准备待上一辈子，尽管有时我们只有不到一个小时，就是我和她课间的那点儿时间。（最后我还是留下了她的一对耳环，她一直没能从我家拿走。）幸好——出于教养——她绝不会素面朝天出门，那头人工打造的蓬松长发，无论我如何抚摩，无论压在枕头上多久，都不会显得太凌乱。分别前我并不需要为她梳头，但得确保和我建立并保持的独特的"永恒"不会残留在她脸上。我要留意她的脸庞不要太红润，眼神不要太迷离，不能有愉悦残留（牛津太小了，小到甚至没时间调整脸色）。要做到这些，我得跟她快速地做一遍掩盖偷情的智力练习：帮她编造天衣无缝的谎言给爱德华·贝斯，并让她讲述时小心不要前后矛盾，虽然这在她看来不仅毫无必要而且令人心烦（告别时，由于我坚持这样做，她的表情总是会黯淡下来）。她粗心、轻率、爱笑而且健忘，我如果是爱德华·贝斯——那时我想——那么我压根儿不用费任何力气就能看穿她的每一个想法、每一个行动。但我不是爱德华·贝斯；也许，假如我是他，克莱尔·贝斯的行为和意图就会显得深不可测。也许我根本不会想知道这一切，或者仅仅凭想象就够了。不管怎样，每次她风风火火地到来，总是由我收拾残局，而且几乎是将她推搡出我金字塔形的家或我们住的酒店，以此逃离临别前她突如其来的黏糊劲儿（时间流逝让人心碎）。要是我冒险在爱德华·贝斯不在时踏进她的家门，还得消除她种种胆大妄为的痕迹（偷情是很费神的）。

克莱尔·贝斯几乎无所顾忌，但是认识她的人不会因此苛责她，因为很大程度上，她的美好恰恰在于她对别人、对自己都毫无顾忌。她经常让我开怀大笑，这是我最欣赏的。但我知道，我对她的喜爱从未恒久、坚定到可称为危险的地步——我认为她对我也一样（我不是爱德华·贝斯，也从未有过需要替代他的危险）。我一直认为，如果我们因为有人爱我们——只是单方面地，他（她）决定暂时爱我们，然后向我们宣布这个事实——就觉得他（她）对待我们会与对待他人不同，仿佛在他（她）如此宣布后我们就不会被归入他人之列，仿佛我们除了自己就一直不曾是他人，那我们未免太过天真了。在这个世界上，我最不希望的就是——至少在我身处牛津、身份模糊的脆弱日子里——克莱尔·贝斯用对待爱德华·贝斯、她父亲或者总爱冷嘲热讽的克罗默-布莱克的方式对待我。克罗默-布莱克对她来说既像父亲又像儿子，而她父亲就只是父亲，丈夫就只是丈夫。我想，我对而言她更像是兄长，这也是我和那些深交过的女性一贯的相处方式，想必是因为我没有姐妹并为此遗憾。尽管我只是偶尔见到克莱尔·贝斯，但实际上我有足够多的机会就近观察她。我并不想说她的坏话——这么说吧，我不希望从我口中吐出对她有负面影响的话——但我很多次站在其他人（比如她父亲、爱德华·贝斯、爱讽刺的克罗默-布莱克）的视角思考，可以肯定地说，她是个从不顾及他人感受的人。我尤其爱设身处地地为爱德华·贝斯着想。我还记得那是我们相识九个月后的十一月五日——之所以记得，是因为那天刚好是英国的盖伊·福克斯日^①。我在万灵学院克莱尔·贝斯的办公室里。这间办公室位于卡特街,正对着老博德利图书馆和拉德克利夫图书馆。透过窗户向外望去,可以看到英国孩子们为了买玩偶正在讨要硬币。玩偶是用布、绳子、旧衣服做的,象征被绞死的阴谋家盖伊·福克斯,到了晚上它们就会被扔到篝火里烧掉。这段记忆是真实情况的反映——我太专注于把自己放在她丈夫的位置上(那是她分配给他的,也许从未有人真正占据过),以至于克莱尔·贝斯把我混同于他了。

我们四个,我、贝斯、克罗默-布莱克和她约好一起去吃午饭。我特意提前了二十分钟第一个到达我们相约的卡特街。头天晚上,我和克莱尔·贝斯在雷丁一家酒店待到很晚,以至于我们打破惯例,同乘一列火车回了牛津(通常我们都是分头搭火车去伦敦或雷丁,来回都如此,只有爱德华·贝斯不在时才会开克莱尔的车)。我们就这样一起抵达牛津,一起迎风走在肉乎乎、流动着的月亮下面,直到在距离我们两家比较远的街角道了别。在火车上

---

① 英国节日,时间为每年11月5日。盖伊·福克斯(1570—1606),企图炸死詹姆士一世及其议会成员,事情败露遭处死。节日当天,人们燃放烟火,并焚烧象征盖伊·福克斯的草人。

时我们也坐在一起，因为在旁人眼中我们是朋友，要是分开坐，任谁都会觉得奇怪。毫无疑问，一个叫鲁克的俄语系教授看见我们了。他当时正四仰八叉、昏昏欲睡地瘫在头等车厢。我们从站台上看以为这节车厢没人才进去的。就在我们大笑着沿过道向前走时——这笑声有些不合时宜，对于英国人来说也许过于直白——他看见了我们，我们也看见了他。鲁克轻轻点了点他那低垂的脑袋，先是对克莱尔说了声"贝斯太太"，然后，转向我，只说了声"晚上好"——肯定是因为他不记得我的名字，或者不知道该怎么念。我们接着向前走，一直走到距离鲁克最远的座位，但那时，我们已经只敢低声说一些简短而无关紧要的话了。然后，当我们迎着风，第一次单独在牛津的大街上，在肉乎乎、流动着的月亮下面同行的时候，我们听到身后不远处传来脚步声，节奏跟我们的一致。也许这只是错觉，我们认为是他的脚步声，但其实只是自己的回声。我们没有转身，也不再交谈，只是分开前道了声"再见"，没有停下，也没有看对方（这就是秘密带来的悲伤）。不一会儿，我就只能听见克莱尔匆匆远去的脚步声了，估计她听不到我疲惫的步伐。

这位鲁克很有名，因为他花了十二年重译《安娜·卡列尼娜》,还因为他在美国度过的一个学年中认识了纳博科夫并与之往来。他的译本——哪怕没有人见过半个字,连编辑也没有——堪称权威且无与伦比,首先在书名上就有根本性的创新。据鲁克也据纳博科夫认为,应该译为"Karenin(卡列宁)"而不是"Karenina(卡列尼娜)",因为安娜既不是舞者、歌手,也不是演员,在英语或其他西方语言中,只有这几类女性的姓氏才会被处理为阴性,其他人——无论是多么地道的俄国女人,都无须如此。[①] 他提到纳博科夫时,总是一成不变地称之为"弗拉基米尔·弗拉基米罗维奇"[②],以表明自己与对方多么熟悉,对俄语的称呼方式多么了解。我和鲁克不止一次在泰勒院的高级教员休息室碰面。我俩在那里偷懒耍滑,靠着寡淡无味的咖啡,假装在为各自的课程做准备,时不时往公文包里那些高深的内容投去懒洋洋甚至憎恨的一瞥。鲁克大脑袋、细身板,他给我的总体印象就是一个硕大的脑袋。他随时随地打算谈起纳博科夫,或者给我指点有关莱蒙托夫、果戈理的一切,但他的个人生活对于会众成员来说却是一团谜。也正因此,大家可以毫无忌惮地给

---

① 俄语中姓氏有性别变格,如"Каренин(卡列宁)"适用于男性,"Каренина(卡列尼娜)"适用于女性。在这里鲁克认为,按英语的惯例,英文译本中安娜的姓氏无须变格,应和丈夫卡列宁的姓一致。
② 纳博科夫的全名为弗拉基米尔·弗拉基米罗维奇·纳博科夫。

他安上各种习惯与性格。他对流言蜚语充满热情。在牛津，有这种名声其实不算什么，没有这种名声才是不正常的。你要是不中伤别人，不阴暗刻薄，你就会声名受损或者被边缘化，仿佛不属于剑桥或者牛津而是来自其他大学，你永远无法融入其中，因为你得不到接纳。在牛津这个城市，人们唯一真正关心的是钱，其次是信息，因为信息总可以变成来钱的工具——不管信息是重要还是多余，有用还是无足轻重，有关政治还是经济、外交还是认识论、心理学还是谱系学、家庭还是仆役、历史还是性、社会还是职业、人类学还是方法论、现象论还是技术，或者干脆有关生殖崇拜；你要想在这里生存，就必须掌握（或者立刻获得）某种可兹传播的信息。此外，传播信息也是唯一可以避免自己的信息被传播的方式，于是，一个越是厌世、独立、孤僻或神秘的牛津人，越会向大家提供有关他人的信息，从而让自己的缄默能被原谅，并赢得保留隐私的权利。一个人对他人知道得越多、讲述得越多，他就享有越多的豁免权，而无须谈及任何关于自己的内容。所以，整个牛津都在全身心地、持之以恒地致力于保护、隐匿自己的一切，同时尽最大可能调查有关他人的所有。由此，在最肮脏的间谍活动中，还有英国和苏联政府永远的争斗中，牛津和剑桥的先生、教授们作为久负盛名的单面、双面或三面间谍（牛津人耳朵最灵，剑桥人最卑鄙），以卓越的质量、效率和造诣，成就了自己名副其实的传统和名副其实的传奇。然而，这种风气最终会导致上文所谓的保留隐私的特权变得极其有限，也就是说，仅仅是让自己免于亲口坦白或公开隐私时的羞辱和尴尬。因为人人都需要提供他人的信息以避免公布自己的信息，于是这部分每个人都避免提供的信息便越发为他人所垂涎、刺探、追逐、查找、获知，并最终被他人（一大群人）广而告之。也有一些（为数不多的）软弱的胆小鬼从一开始就败下阵来，把自己的内心展露得一览无余，不抵抗，不羞耻。这在牛津并不被看好，因为在这场游戏中，他们太直率、太无遮拦，因此太异端；但也还是可以被接受的，因为这是无条件的投降，而且是卑下的屈从。反倒是一些道德高尚的人，在重重阻碍下仍成功使自己的习惯、恶癖、爱好和行为不被暴露（也许他们付出的代价是放弃所有习惯、恶癖、爱好和行为），但也并不能阻止世人把生编硬造、形形色色的内容安到他们头上；当然，这些传闻前言不搭后语，光怪陆离，形形色色，自相矛盾，反倒令人质疑其真实性。有时这些道德高尚的人（必须是道德非常高尚的人）能够遂心如意，没有任何人对他们有确切了解。毫无疑问鲁克就是一个道行异常高深的人（他是位大师,仿佛受过苏联人的培训):除全身心投入大部头的翻译,以及曾在前殖民地跟弗拉基米尔·弗拉基米罗维奇打过交道以外,大家对他一无所知(他的个人生活就是一张白纸),所以不用说,如果他知道了什么,那么在他知道的那一刹那,这些内容就会成为某种科学常识或者信息库的一部分。

那天我们在伦敦的火车上看到了萎靡不振、昏昏欲睡的他,并且在这座空荡荡的城市那狂风大作的街上,听到了他紧随其后的脚步声。于是第二天早上,我提前二十分钟到了克莱尔·贝斯位于卡特街的办公室。她正悠闲地看着报纸。(她给我开门时,一根手指夹在两页报纸之间。她没有吻我。)她看上去睡了个好觉,而我却几乎一夜无眠,所以,我不可能先来个开场白,再问她这个我在无眠的夜晚问了自己无数遍的问题:"你有没有跟特德[①]说你昨天去雷丁了?"

"当然没说了,他也没问。"

"你疯了。这更糟了。即使他还不知道,他也马上会从鲁克那里知道的。"

"他不会直接从鲁克那里知道。他们几乎不认识。"

[①] 爱德华的昵称。

"在这个地方,大家几乎都不认识,但这并不妨碍他们一天到晚互相搭话,脑袋里想到什么就立刻说什么。只要鲁克今天早晨在走廊上或在大街上偶遇特德,就够了。'对了,请告诉您太太,昨天我本来想邀她坐我的出租车从车站回去来着。我们从雷丁过来时坐的是同一趟火车,但是她很快就出站了,我没来得及开口。我估计不管怎样那位西班牙先生会陪着她的。那位西班牙绅士很有教养,我跟他说过几次话。'只消这些,就有一堆问题等着你,我都不知道你要怎么回答。"

"什么问题?特德几乎从不问任何问题。他总是等着别人主动跟他讲。不用太担心。"

我总是在替她担心。我扮演我的角色,有时还要扮演她的角色。现在,我要扮演三个人的角色,我,她,还有爱德华·贝斯的——或者按照她的说法,爱德华·贝斯不会扮演的角色。

"什么问题?你昨晚跟我们这位西班牙绅士在雷丁干什么?你们从哪儿来的?你为什么这么匆忙地离开车站?鲁克看见你们了。你为什么没告诉我你要去雷丁?你为什么没告诉我你去了雷丁?鲁克看见你了。鲁克。雷丁。"

"我会解决的。"

"现在就解决。告诉我你会怎么回答这些问题。这些问题很具体，很简单，夫妻间的问题。"

和往常一样，克莱尔·贝斯赤着脚。她拿着报纸（食指依然插在两页报纸之间：我真想知道她在读什么，这么手不释卷），坐在自己的办公桌后面，而我站着，胳膊肘撑在她对面的窗户上。从那里我可以清楚地看到，她的脚趾尖从桌子下面伸出来，踩在地毯上，被深色袜子颜色最深的部位（这么说吧，袜尖）映衬得很黑。我很想摸摸这双深色的脚，可是爱德华·贝斯或克罗默－布莱克随时会来。克莱尔·贝斯逆光望向我，用另一只手夹着烟。烟灰缸很远。

"特德随时会来，"我说，"如果他今天上午见到了鲁克，那么他一露面就会问我们那些问题。我们最好现在就想出点什么来，我一个晚上都在想怎么回答。你是在雷丁碰到我的，还是在雷丁火车站？你为什么回来得这么晚？你去干什么了？肯定不是购物，到雷丁能买什么？"

"你是个笨蛋，"克莱尔·贝斯对我说，"幸好你不是我丈夫。你是个有侦探头脑的笨蛋，跟这种笨蛋是不能结婚的。所以你永远也不会结婚的。侦探笨蛋是聪明的笨蛋，有逻辑头脑的笨蛋，这是最糟糕的，因为男人的逻辑不仅不能弥补他的愚蠢，反而会让愚蠢加倍甚至翻三倍，让它变得有攻击性。特德虽然愚蠢但没有攻击性,所以我能够而且喜欢跟他一起生活。他接受了他的愚蠢,而你没有。你蠢到还相信自己有不蠢的可能。你还在努力。他不。"

"所有的男人都很愚蠢。"

"所有的人都愚蠢。我也是。"她用食指弹了弹烟灰,但是计算得不够精确,烟灰落到了地毯上她赤着的脚旁。我看着那双深色的、撩起我欲望的脚和烟灰,等着那双脚踩上去,沾上灰色。"如果你是特德,你就不会问我这些问题,因为你知道我可能会回答,也可能拒绝回答。说到底,其实都无所谓。一个人跟另一个人共度余生,朝夕相处,寻求的是安宁。如果我回答你,我说的可能是谎话(那你就得把谎话当成真相),也可能是真话(你并不一定想要真相)。如果我不回答,你可能继续坚持,而我会生气,会跟你争吵,还会责骂你,并且还是不回答;或者我会困惑地看着你,几天都不说话,依然不回答,最后你终于厌倦了我责备的目光,厌倦了听不到我的声音。我们下地狱都是因为我们所说的话,而不是因为我们所做的事;是因为我们说过的话,因为我们说自己做了什么,而不是因为别人说了什么,也不是因为我们实际上做过什么。我们不能强迫任何人回答任何问题,如果你是特德,或者你结婚了,就会很清楚这一点。这世界到处都是无知的杂种，继承着跟自己毫无血缘关系的人的财富或贫困。没有一个男人清楚自己是不是孩子的父亲，长得像也没用。在婚姻里，对于不想回答的问题，谁也不会回答的，所以最后索性就都不问了。有些夫妻甚至压根儿不说话。这样的情况并不少见。"

"可是如果特德今天跟我一样，不管怎样非要问呢？如果他进了这扇门，把你拷问个不休：'你们昨晚在雷丁一起干了什么？你们从哪儿来？你们睡过吗？你们是情人吗？你们睡了吗？什么时候开始的？'你怎么跟他说？"

"跟对你一样，我会对他说：你是个笨蛋。"

她放下报纸，站起身来，踩到了她不知不觉一直弹落在脚边的烟灰。她来到我身边，我转过身去，我们俩默默望向窗外：阳光，白云。她的胸口触到了我的后背。英国孩子们为了购买玩偶，正在拉德克利夫图书馆的台阶上讨要零钱。我打开窗户，扔给他们一枚硬币，硬币打在石子路面上，叮叮咚咚地响。四个孩子转头看向我们，但我已经关上了窗户，他们只能隔着玻璃猜测我们的样子。克莱尔·贝斯抚摩着我的脖颈，并用一只光着的脚蹭我的皮鞋。她也许在想她的儿子。我的鞋子沾上了灰色。

那年的十一月五日，克罗默-布莱克在日记里写下了这些内容。我把它译了出来，誊写在这里：

最让我惊讶的是，疾病并没有阻止我对别人的事情产生兴趣。我决定假装什么事也没发生，谁也不告诉，除了B，不过也得等确认了是最坏的情况才告诉他。一旦做了决定，我就发现这并不难。奇怪的不是我一切如常，明白怎样秘密行事，而是我一如既往地对身边发生的事情感兴趣。一切都让我在意，一切都会影响到我。事实上，我根本不用假装什么，因为我一直没能接受这种事情可能或者将会发生在自己身上。我无法接受这个现实：随着事态发展，我最终可能会死！而且如果这事真的发生了（我要交握十指祈求好运），我就没法知道从那时起发生在别人身上的任何事情了，这就好像是有人从我手里夺走了我正读得起劲的书，简直难以想象。仅仅如此倒也还不算严重，最糟的是，我再也不可能有别的书了，人生是一部独一无二的古抄本。

人生仍处于中世纪。

当然，对我来说，不会发生更多事情了，发生在我身上的是我的死亡，这就够受的了。我无法接受，所以我现在暂时还不想再去看医生，也不想让达亚南德见到我——有那双厉害的医生的眼睛，他估计已经对我的健康状况起疑了。也正因此，我现在才会如此在意那些到那时我不会再在意的事，我想知道B会怎样（我无法想象不能参与B的生活，死亡夺走的不仅仅是我们自己的生活，还有他人的生活），还有达亚南德、罗杰、特德、克莱尔，还有我们亲爱的西班牙人。我今天看到他们了，他俩在一起，刚拥抱过，就在窗户旁，那样含情脉脉，倒更显得乐在其中，还有一点点忧伤，仿佛他们很遗憾不能爱得更深。幸运的是我先到了，而不是特德。我不知道他们，或者说克莱尔想要干什么，也不知道为什么他们把我当成了密友，还有点让我包庇他们的意思，我宁可跟特德一样一无所知。有一天，两节课之间，克莱尔到我办公室来了，她看上去比平时紧张,而且急着要说话。我只给了她三分钟,结果她说了六分钟(年轻的博顿利很不耐烦,他在门外等着,神色高傲而严厉)。她没有说到任何具体的、前后连贯的事情,但她不停地谈到特德,仿佛他是这世上她唯一在意的了。后来,她也没再打电话接着说下去,只有沉默,什么也没发生。而今天吃饭时,我突然感觉到有一只脚——她的脚,在桌下碰到了我的右腿肚子。克莱尔的脚在抚摩我的小腿,这让我非常吃惊。幸好我们是在哈利法克斯餐馆,那儿的桌布很长。我立刻就明白过来,她是在找坐我身旁的我们这位西班牙人的左腿,于是我睁大了眼睛,略带责备地看着她,不动声色地握住她的脚,把它送到了它真正渴望的目的地——那只外国膝盖。之后,当然了,我佯装毫不知情,迅速跟特德开启了新话题,生怕他知道背地里在发生什么。我感到无比尴尬又无比有趣,这让我很内疚。我为他们每个人担心,他们三个,我想知道这一切会怎么了结。才刚过米迦勒学期的一半呢,还有几个月的时间。尽管我与特德有多年交情,也很担心克莱尔和自己的病情,我还是不可避免地看到了事情喜剧性的一面。不管怎样,今天晚上我和B讲的第一件事就是这腿脚的误会,我把它当成一天中最大的事件,或者最能转移B的不满的事。我和往常一样,游走于生活带给我的愤怒和笑声中,没有中间状态。这是我与这个世界发生联系并漫游其中的方式,两种互补的方式。要么发怒,要么发笑,或两者都有,它们在我内心深处打架。我没变。疾病理应让我改变,变得更理性、更温和,然而,它既没让我愤怒也不惹我发笑。如果病情继续发展下去,如果确认了(我再次交握十指),我会观察我自己。我很害怕。

克罗默-布莱克是我在牛津的引路人和保护者,就是他在我到达四个月后,也就是那个十一月五日的九个月前,在那场当地称之为"高桌"的堂皇晚宴上介绍我认识了克莱尔·贝斯。这类宴会由不同的学院举办,每周一次,通常是在学院宽敞的餐厅里。之所以直白地称之为"高桌",主要是因为东道主及其宾客就座于高台上,俯瞰其他桌子(坐在那里的学生们往往以快得可疑的速度用餐,吃完后就迅速离席,让高处的食客显得越发形单影只,也避免看到他们出糗的场面),而不是因为餐品或谈话的质量有多高。这是非常庄重的牛津晚宴,会众成员必须身着长袍出席。原则上,晚宴十分正式,但由于耗时颇久,出席者(通常约二十人)在举止、用词、辞令、表达流畅度、仪态、分寸、着装、礼节以及整体表现上都会逐渐严重失控。不过刚开始时,一切都庄严肃穆,井井有条。用餐者一半是东道主学院的人,另一半来自其他学院(还有某些刚好在此地的外地人或外国人),前者邀请后者,是希望自己之后能被回请到他们所在的学院(因此,不同高桌晚宴的人员构成变化不大,几乎总是同一拨人,只是有时在这个学院用餐,有时在那个学院,一学期下来有些人要共进晚餐十来次,最终导致他们互相嫌恶,相看两厌)。出席者要先在一个雅致的小厅集合,快速地喝杯雪利酒,等所有人到齐后,才按照学院内严格的等级顺序两两成行(每位主人及其客人)进入餐厅。宴会从未准时地在既定的七点钟开始。要瞬间记住十来个杰出而极度敏感的人的资历和头衔并不容易,因此,在走进餐厅前,争论、推搡、拉扯、肘击时有发生,因为有些野心或忘性大的成员——这么说吧——企图靠破坏礼数和插队来赚取声誉。与此同时,学生已经在餐厅里(饥肠辘辘地)候着了,看到身披长袍的教授和偶尔受邀、不知所措的外宾终于列队而入,便全都假惺惺、毕恭毕敬地站起来,规规矩矩地把手放在事先分配好的座位椅背上。学院的院长[①]或者说管理者(通常是位呵欠连天的贵族)主持高桌,而高桌又高于其他桌子,赋予其双重高位。在我们坐下前,他已经开始展现作为双重主角最让

[①] 原文为"warden"。牛津大学有 36 个独立自治学院,各学院对管理者的称呼不同,"warden"是万灵等学院的叫法。

人震撼的职责了，也就是不停地敲击小槌并以蹩脚的拉丁语致辞——这将贯穿整个晚宴，让我们这些可怜的外国人持续感受到震撼和恐惧。院长身边备有一把小槌（桌上还有个安放小槌的木座，就像法官一样），用于开启晚宴，用于决定并宣布无数次酒水和菜式的更迭，当然也供他在略感无聊之时（几乎一直如此）心不在焉、危险地把玩。在院长用带着英式口音的拉丁语念出第一句祷文后，所有人都站了起来，四周一片寂静，弥漫着熏香的味道。接着，第一声清脆的槌响和精美餐具随之而来的震动打破寂静，迫不及待的先生和更加急不可耐的学生纷纷落座，他们大声喧哗，争夺侍者的关照，紧握勺子扑向汤羹，又用泛红的双手抓起酒杯。按照规定，在高桌宴会第一阶段的两个钟头里，每位（坐在高桌的）用餐者要跟其左侧或右侧的人交谈七分钟，再跟另一侧的人交谈五分钟，如此循环往复。最不可取的是跟对面的人讲话——除非两人同时因为邻座计时有误而暂时没了交谈对象，这在牛津不说是种侮辱，至少是非常失礼的。因此，牛津的教授们同时是说话、吃饭、喝酒和计时方面的专家，前三件事要飞速进行，而第四件事则要极度精确，因为只消随心所欲的院长用蹩脚的拉丁语发号施令、敲击小槌，侍者就会勤快地撤走所有人的盘子和酒杯，不管是狼藉的、精光的、吃到一半的还是压根儿没动过的。我头几次参加高桌晚宴时，几乎一口没吃上，一心忙着计算流逝的分钟，并以生疏的十二进制计时轮流和左右两边的人交谈。侍者把我原封未动的盘子一个接一个地夺走，还有杯子。杯子倒是空了，因为在紧张地计时和交谈的间隙，在说话和计算之间，我唯一能做的事情就是不停喝酒。

我第二次参加高桌晚宴时，克莱尔·贝斯坐在桌子另一头、几乎是正对着我的地方，好笑而又同情地观察我失望的表情。而我压根儿没有时间考虑这些，只能眼睁睁看着眼前丰盛的美餐接二连三地消失，酒醉的程度倒是与饥肠辘辘的程度成正比。我记得我自始至终都把刀叉紧握在手中，随时准备着。但每次要切点、叉点什么时，我就想起来得看一眼表，或注意到右侧的客人要么开始咕咕哝哝（肯定是在咒骂或抱怨），要么吃东西时弄出很大的声响，有时似乎还有漱口声（提醒我他的上一轮交谈已结束，此刻正不耐烦地等着我）。晚宴第一阶段的主菜有三道、四道或五道（取决于学院富有或吝啬的程度）。如我所说，吃完这几道菜大约要花两个小时，因为每道菜间隔很长（这时我们只能孤零零地握着酒杯干坐着）。就这样，在最初的两个小时里，我们只能跟两个人交谈，其中一位必定是发出邀请的同事——坐在左侧——另一位就看运气了，更准确地说，取决于负责安排座次的院长的意愿，而他通常不怀好意。那次晚宴上，我的邀请人是克罗默-布莱克，他提醒我，我的右侧会是一位年纪轻轻、前途无量的经济学家，此人唯一的缺点（至少在高桌晚宴上）是只允许大家谈论他刚完成的博士论文。

"论文的主题是什么？"进入餐厅前，当我们两两排着队在拥挤中寻找自己的位置时，我问他。

像每次要回答任何问题、发表评论或者讲什么奇闻逸事时那样，克罗默-布莱克先摸了摸白发，笑眯眯地说：

"这么说吧，是最令人想不到的那种主题。我相信你会有足够的时间慢慢了解的。"

那位年轻的经济学家名叫哈利韦尔，身材肥胖，面色红润，留着一缕稀疏的军人式小胡子——小年轻硬充大人，或者要匆忙上阵的那种。他果然对了解我这个人以及我的国家（这通常可是高桌上的绝佳话题）毫无兴趣。因此，只好由我抛出一串客套的寒暄，而四个问题过后，正如事先得知的，他滔滔不绝地讲起了他那无比新奇的博士论文，主题是一七六〇到一七六七年间英国真实存在过的一种特殊的苹果酒税。

"仅仅针对苹果酒?"

"仅仅针对苹果酒。"年轻的经济学家哈利韦尔很满意地回答。

"啊,真有意思,谁能想到呢。"我应道,"为什么只对苹果酒征税呢?"

"很惊讶吧?"哈利韦尔快意地说,然后就开始详细解释这一奇特税种的由来和特点,我实在是不能更不感兴趣了。

"太有意思了,"我说,"您请接着讲。"

幸运的是,用一门不是自己母语的语言交流时,凭着直觉假装聆听,时不时地认同、赞扬并(谄媚地)附和还算容易。每次跟克罗默-布莱克聊完五分钟,轮到这位年轻的哈利韦尔时,我在那仿佛没有尽头的七分钟里就是这么做的。这位前途无量的经济学家滔滔不绝地谈论着苹果酒,却没有礼貌地回问我哪怕一个问题。尽管我越来越醉(所幸我的行为或外表都不会暴露这一点),我还是能观察其他用餐者——上甜点前我都不能跟他们直接交谈——并在与克罗默-布莱克聊天的间隙打探这些人的情况。作为报复,我也对那位年轻的经济学家哈利韦尔大吐秽语(用西班牙语)。我得说,在克莱尔·贝斯半是嘲弄、半是同情地用余光观察我时，我也在愉快地观察她。后来，当晚宴气氛越发混乱，我便公然用带着性爱慕的目光望着她。她是宴会上的五位女性之一，是两位五十岁以下的女士之一，也是唯一身着黑袍，却巧妙地露出优雅领口的人。我只说这么多，因为我在一段时间内是她的情人，现在就罗列她的迷人之处会显得我在炫耀。餐桌前清一色地坐着身着长袍的绅士，只有一人除外。院长是赖默勋爵，他是上议院议员，还是在伦敦、牛津、布鲁塞尔、斯特拉斯堡和日内瓦等地声名远扬的阴谋家。我和他之间隔着两个用餐者，而克莱尔·贝斯在桌子对面，与主位仅一人之隔。

众所周知，在英国，人们几乎从不相互注视，即便注视，也是一副极为隐晦、漫不经心的样子，让人怀疑他们是否真的在看他们看似在看的东西。他们懂得如何让眼睛在自然状态下显得混沌迷离。所以，一个大陆①式的眼神（比方说我的眼神）可能会让被看者感到不安，哪怕在西班牙人或其他大陆人的各种目光中，这已经属于中性、温和甚或是尊敬的那种。也正因此，当来自岛屿或者说英国的目光偶尔扯下遮掩它的面纱时，真实情况可能会让人大跌眼镜。幸好能

---

① 此处指与英国隔岸相望的欧洲大陆。

看到这种不经遮掩的目光的目光本身仍蒙着面纱,所以那些在毫不遮掩的双眼(比如大陆人的眼睛)看来显而易见甚至冒犯的东西,他们看不到也不会看,否则定会引起口角或争吵。两年来,我已经略微学会按自己的意愿遮掩目光,可当时我的眼睛还没有受过训练、能够自我修正。恰恰相反,正像我刚才说的,在那些难忘的晚宴上,除了红葡萄酒、桃红葡萄酒和白葡萄酒,我唯一能抵抗饥饿和无聊的办法就是擦亮眼睛四处观察。好,如果说我的目光(我自己注意到的)是从某个时刻开始充满性爱慕地望着克莱尔·贝斯的,那么赖默勋爵院长先生则是从敲了第一次小槌、说了蹩脚的拉丁语开始,就赤裸裸而淫荡地盯着克莱尔·贝斯了。正如我目光中的不耻被他人看我时的正派抵消一样(包括赖默勋爵,他的目光一离开克莱尔·贝斯的胸部和面庞,就立刻戴上了传统的岛国面纱),我也能轻而易举地看穿院长眼神中淫荡的攻势。但是,一旦离开克莱尔·贝斯的胸口或面庞,我的眼神就明显变得痛苦(要怪就得怪哈利韦尔掷给我的短枪)和凶猛(要怪就得怪我看到赖默勋爵眼神中那种兽性的淫荡)了。然而,最主要的问题是,克莱尔·贝斯本人的目光并不完全是英式的,因为(我后来得知)她小时候在德里和开罗住过,在那些地方,目光既不是岛国式的,也不是我们这些大陆人的；因此，她不仅可以感知到院长淫荡异常的注视，也能感知到我对她充满性爱慕的目光。第二个问题（次要的）是，与我同侧、靠桌子下首的位置坐着爱德华·贝斯——那里还有一位我很喜欢的、临近退休的著名文学泰斗，稍后再谈。他和克罗默-布莱克一样，是东道主学院的成员。虽然他的目光始终是纯英式的，但很可能，由于席上仅有的两道不经掩饰的目光都投向了他的妻子，他不得不卸下自己惯常的遮掩，以便随时捕捉他人或野蛮或含蓄的欲望。不过，我这说法也不准确，因为爱德华·贝斯跟我坐在同一侧，从他的角度完全看不到我的眼神，却能毫无遮挡地看到克莱尔·贝斯还有赖默勋爵的目光。他肯定看到了妻子在某一瞬近乎涨红的脸，但毫无疑问，他会将之归咎于葡萄酒或者院长那垂涎三尺的不堪丑态。这个身材高大、皮肤紧绷的男人——我认为他没有汗毛——已经喝得酩酊大醉。如果爱德华·贝斯见妻子时不时望向我这里，肯定会认为她是在看好友克罗默-布莱克（我说过，他紧挨着我左侧），以寻求庇护或者某种默契。但是，还有第四道目光呢——也许还有第五道，假如爱德华·贝斯真的扯去他的英式面纱的话——这目光压根儿不希望有任何遮挡，那就是达亚南德的眼神。这位来自印度的医生是克罗默-布莱克的朋友，他坐在克莱尔·贝斯左侧，恰好在我正对面。他已经在牛津住了几十年，双眼却依然保留故土的明亮与透彻，在那场晚宴的氛围里显得勇猛炽热。每隔五六分钟，他会从容地结束与克莱尔·贝斯的谈话，转而跟那位唯一没有穿长袍的客人（荷兰莱顿大学某位丑陋的矿物学教授，目光虽然是异国的，但也被一副用作眼镜的长方形放大镜遮住了）简短交流；同时，他那乌黑而略显湿润的眼睛会停留片刻，以药剂师的神气上下打量我，仿佛我这种公然左顾右盼的做法（尤其是看克莱尔·贝斯），表明我染上了某种为人熟知且容易治愈、在他的故乡早已绝迹的疾病。达亚南德的目光让人很难承受，每当与他视线相交，我都不得不转向哈利韦尔，假装更加沉迷于那盛气凌人的废话。当达亚南德的目光转向克莱尔·贝斯和主位方向时，立刻就会变得灼人。赖默勋爵在其视线范围内，很显然，这位承受得住，因为他很可能压根儿没觉察到什么目光——他觉得自己是无可指摘的呢。院长不得不跟身旁的客人说话，这两人显然让他特别厌烦（右侧是位女子学院的院长，宛如鹰身女妖；左侧是阿特沃特，一位目中无人、武断跋扈的社会科学泰斗），于是他渐渐抛开礼节，越过邻座，时不时打断克莱尔·贝斯和克罗默-布莱克各自的谈话，插入些不着边际的点评。但是，这两人谁也不打算让他真的介入,他只好努力装作正聆听鹰身女妖或泰斗说话,并用小槌敲击木座。高桌上那些厌倦了或喝高了的院长通常都这么干。就这样,他醉醺醺的,再加上内心不悦,并未意识到自己最初懒洋洋敲击木座的举动(漫不经心地敲击)正演变为愈加粗暴的捶打(他现在正起劲地挥动小槌)。槌声间隔分明,却令人困惑并造成了极大的混乱,因为有的侍者一听到槌声,就把刚上的菜撤掉,而另一些更有经验的则知道这些声音并不是仪式的一部分,便会把盘子抢过来还给客人。有的客人连气味都还来不及闻呢。你争我夺间,三两个盘子乒乒乓乓掉到了地上,于是,五名在桌旁侍立的侍者便不再干活,而是聚到餐厅的一角,悄声指责对方是笨蛋。与此同时,宾客间响起抗议声(尽管是低语),牛排配的是吃鱼的餐具,面前碍事的盘子里尽是残羹冷炙(这是高桌上从未出现过的情形),有些菜甚至是别人动过或咬过的,最糟糕的是酒杯空空,或混合了好几种酒。赖默勋爵对此浑然不觉,每次他心不在焉地敲击木座或桌面(因为他并不总能找准地方),名贵的木材都会发出轰鸣,豌豆啊、蘑菇啊都跳了起来,甚至几只杯子也滚落到了一处。我不禁根据院长的坐姿和歪斜程度(他失去了控制,在高台上越来越东倒西歪)来测算,如果小槌脱离他的手心飞出去,会是什么运动轨迹。我略微向后靠了靠,希望躲过小槌,更盼着能增加年轻的经济学家哈利韦尔脑门被砸中的概率,因为他对这一切无动于衷,每次我跟克罗默-布莱克交谈完喘口气后,他都会把我继续泡在发酸的陈年苹果酒里。没什么比看到他失去知觉更让我开心的了。

"这苹果酒的故事真够让人惊讶的,"我说,"这种奇特的税只在英国有吗?"

"只在英国有。"哈利韦尔兴奋地回答。

我注意到克莱尔·贝斯留意到我的举动后(在那种情形下她对我略有关注),也往后仰了仰,不过我不知道她同样是为了给邻座一击,还是不想让赖默勋爵看到她的胸部和面庞,从而让这位院长清醒过来、恢复常态。但是,长于算计的赖默勋爵却努力探出庞大的身躯(左胳膊肘横扫桌面,长袍前襟从一动没动的牛排上划过,豌豆纷纷滚落),他才不愿意错过这么让他向往的东西呢,非要看不可。终于,赖默勋爵眼睛一眨不眨地盯着克莱尔·贝斯的胸部和面庞了。他完全沉迷了,在这之前——我刚说来着——间隔分明、随意且不成节奏的敲击,眼下彻底变成了持续的、机械的捶打,而他本人毫无知觉。捶打的后果已经显而易见:桌子上堆满剩菜,跳动的不仅有面包屑、豌豆和蘑菇(不管怎样,它们都很容易蹦起来),还有蒸土豆块、鳕鱼刺、结块的酱汁,甚至莱顿大学那位丑陋教授的眼镜(没了眼镜人更丑了),以及各种颜色的酒。(所幸长袍除了负有鬼鬼祟祟的使命和具备美学功能外,在这种场合下,还可以让赴宴者的高级礼服不被这些莫名其妙、无穷无尽的东西弄脏。)尽管五名侍者已经达成一致,但由于赖默勋爵的身子弓得越来越厉害,为避免他庞大身躯的重量和敲打造成更严重的破坏,他们的十只手只能忙乱地按住桌子另一头,弄得那位文学泰斗头发凌乱。渐渐地(其实只是几秒钟而已),餐厅里安静了下来,但并非声息全无,因为亢奋的哈利韦尔还有阴阳怪气的阿特沃特是一刻也不能闭上嘴的。前者继续让我窒息("连皮特子爵都不得不干预苹果酒的事!斯特恩有一次布道时也提到了这个税种!"他陶醉地喊道),后者把拇指插入长袍前襟的褶皱里,继续对着院长慷慨陈词——他以为院长是在直勾勾地看着他呢,而不是在贪婪地盯着克莱尔·贝斯的胸部和面庞。其实,最野蛮的敲击也没有持续超过一分钟,但局面已经一发不可收拾了。不过,我们这些眼神不遮掩的宾客人微言轻,没资格采取措施,而其他权威人士目光里又都蒙着一层纱,看不到赖默勋爵已经方寸大乱,有必要提醒他,或者立刻解除他的主持权(赖默勋爵不仅仅是院长，还是一位颇具影响力的政客，以世袭的报复成性而闻名）。除了小槌声，沉默越来越深了，只是偶尔被哈利韦尔和泰斗阿特沃特不为所动的絮叨，还有院长右侧那位鹰身女妖的惊叫打破。此人显而易见是个马屁精，断不可能冒着惹恼赖默勋爵的危险提醒他，但她高耸且大约隆过的胸部离磨损的木座太近，所以每次听到槌击，她都忍不住惊叫一声。

在那漫长的一分钟里，我得以观察视线范围内所有的宾客：餐桌那一头，文学泰斗正拼力左挡右打，因为侍者们为了保持桌子的平衡，僵直的胳膊蹭着他的耳朵，弄乱了他的头发，几乎让他喘不上气。在他右侧，温顿霍博士——在场的另一位女性，恨不能再生出一只手来护着自己的耳朵，一面急忙扶住朝院长滚去的两只酒瓶（半满状态），一面按住自己松松垮垮的假发（大概是新的）。她的另一位邻座，我的系主任卡瓦纳教授似乎乐在其中（他是个率性的爱尔兰人，最爱以笔名撰写畅销恐怖小说。他不太受同侪和下属欢迎恰恰是因为这三个要素：爱尔兰人、写小说、率性），正用小勺以同样的节奏敲击自己的酒杯——如今在吃餐后甜点时人们就是这样以示发言的，颇为讽刺地为院长制造出来的动静又添上一笔。再往右是学院的两名成员（布朗约翰和威利斯，人到中年的科研人员，故而不太重要），他们只敢瞥一眼赖默勋爵，并试图接住荷兰客人摇晃的眼镜。这位荷兰人虽然稳稳当当地坐着，但眼见眼镜滑落，忙伸长了胳膊（把他周边为数不多仍立着的东西碰倒），仿佛盲人离开了手杖就随时会绊到什么似的。达亚南德也是学院成员，他很有个性，是少数本可以阻止院长制造轰鸣的人之一。可说真的，尽管他释放出很多信号，但也不过是冲院长投去致命的目光，或在桌上将拳头松开又握紧。("就算等上十年，这位印度医生也会让他付出沉重代价的，"我心里想，"这个人可不能惹。")泰斗阿特沃特和经济学家哈利韦尔的高论终于告一段落，可闭嘴本身似乎比院长的敲击更让他们不知所措，毕竟在闭嘴之前他们估计压根儿没意识到敲击声呢。心惊胆战的鹰身女妖，我刚才已经说过了；至于克罗默－布莱克，他的神情是个谜：他抚摸着仿佛蜡做的下巴，嘴角带着一丝微笑等待着（看起来马上就要放声大笑，又像在积攒怒火），似乎十分了解院长的习惯，早就知道这一分钟会持续一分钟似的。另外四位用餐者，包括桌子左对侧的爱德华·贝斯，都不在我的视线之内。在这六十秒里，以及在过了更长时间后的现在，在我回到马德里后的这番回忆中，我发现我都有意识地跳过了克莱尔·贝斯。

其实可以说，在那一分钟里，没有一个人真正注意——看到了——赖默勋爵：有的人偷偷地、带点儿畏惧地望向他，却没法完全看清，正如我之前解释的那样；还有一些人忙于维持体面，确保被小槌震起来的瓶子啊、眼镜啊、酒杯啊不会滚落到地上；另一些人则趁机交换眼神，或者——当然也是同一回事——不戴任何面纱地注视对面的人。第一类人有鹰身女妖、恐怖小说家卡瓦纳、社会科学泰斗阿特沃特、苹果酒经济学家哈利韦尔。后两人作为学院成员，也许在犹豫（犹豫得不多）是要把小槌从赖默勋爵手中夺走，还是依然作壁上观，等待其他人冒着被木槌敲打或事后遭报复的危险勇猛上前。第二类人包括文学泰斗——或者说近乎退休的荣誉教授托比·赖兰兹、科学家布朗约翰和威利斯、戴假发的温顿霍博士、因陷入黑暗而惊恐的矿物学家。第三类人就是我们了，达亚南德、克罗默-布莱克、克莱尔·贝斯和我，可能还有她丈夫，肯定有。达亚南德时不时投向我的目光（狐疑或严厉）略有缓和，现在他全部的火力都对准了赖默勋爵，随后又突然不动声色地转向了他的朋友克罗默-布莱克，也就是说，向后者投去了我之前说的那种致命的眼神，同时，他不停把拳头松开又握紧，一看就知道正处于焦躁难耐的状态。

当克罗默-布莱克察觉到印度医生灼人的目光落在自己身上时,便抬起眼睛。尽管我在侧面,只能瞥到他的右眼,但还是发现他的微笑已经变成一道极为严厉的直线——有时这就是他那毫无血色的薄唇的功能。

而我毫不掩饰地盯着克莱尔·贝斯的面庞。我不认识她,却已经把她看成属于我过去的人。我的意思是,她已经不属于我的现在,就像曾让我们兴致盎然、如今却不再吸引我们的人,或是故去的人,或是某个在过去或过去的过去曾经存在的人,也许这个人在更早的时候也同样判定我们不再是过去的我们。她长袍下那条间接造成这么多乱象的低领裙,正如英国的许多高档服饰那样,已经属于另一个时代。就连她的面容也有点过时,嘴唇过厚,颧骨太高。但原因不是这个。是因为她也在看我,仿佛我们从小就认识,她几乎像是来自我们童年的那些虔诚而次要的人物。幸运的是,这些人在我们成长为可憎的大人以后也无法把我们当成大人,在他们那因记忆而变形、停滞的目光里,我们永远是孩童。这种幸运的无能更多体现在女人而不是男人身上。对男人而言,孩子就是成年人可恼的草稿;而在女人眼中,孩子是完美的生灵,注定要遭到毁坏、变得粗鄙,注定会褪去那短暂的神性,因此她们竭力用视网膜留住那个形象；如果视网膜没能在过去认识那形象，那么与人打交道时应有的全部想象将全都用于构建它——如今她们只能从照片或画像上，或是从那已经长大甚至老去的人的面容中认识那孩子；那想象也可能源自篡夺者在床上大着胆子讲出来的故事，因为床是男人唯一愿意高声追忆往昔的地方。克莱尔·贝斯就是这样看我的，仿佛看到了我在马德里的童年，用我的母语加入了我和兄弟姐妹间的游戏，分担了我在夜晚的恐惧，见证了我总在校门口打架的身影。她这样看着我，也让我以类似的方式看向她。后来——我对她有所了解后——我得知，在那一分钟的最后几秒里（那一分钟仿佛仅仅存在于此刻），她也看到了自己在印度的童年：南方大陆那些城市里，一个无所事事的小女孩沉思着；她藏在笑眯眯的保姆古铜色的声音后，望着河水流淌而过。我不知道我看到了什么（也许我错了，又或者我在撒谎，我当时并不在看，所以我不应该这么说），但我忍不住要说，那双黑蓝色的眸子里，明亮清澈的河流在夜晚淌过，那是贯穿德里的亚穆纳河（也叫朱木拿河），水面上，简陋的小船星星点点，载着粮食、棉花、木材和石头顺流而下。不知名的歌声轻抚着水流，城市渐渐落在身后，峭壁上落下的鹅卵石溅起了水花。同样，我的眼中可能也映出了她从未踏足,也未曾见过的马德里的赫诺瓦街、科瓦鲁维亚斯街和米开朗琪罗街,也许还有四个孩子和一个老保姆走过。那座横跨亚穆纳河、位于城市上方的巨型铁路桥想必也在她眼中,她总是远远地望着那座桥。与保姆独处时,保姆神秘地告诉她,不止一对不幸的恋人从那座桥上跳下:宽阔的河流,水面湛蓝,被长桥纵横交错的栏杆搅扰。大多数时候,这座桥都空荡、幽暗、闲置且模糊,恰似童年里那些虔诚而次要的人——后来他们深藏于某处,可一旦被召唤,就会显身并发出光芒;而在完成短暂的使命或讲述突然被要求泄露的秘密后,又会立刻再次消失,回到无人知晓、变幻莫测的黑暗中。瞧,它之所以存在,就是为了让孩子在需要时能从中穿行而过。现在,这英国女孩正望着黑色的铁桥,等待一列火车经过,想看它被夜晚的灯光照亮,看看它在水中的影子。这种色彩鲜艳的火车偶尔会穿过亚穆纳河,声音模糊不清,周身灯火通明。她会在家中的最高处耐心地注视着河水,保姆对她耳语;夜幕降临时,她的外交官父亲身穿礼服,手持杯子,在花园一角望着她的背影。孩子睡觉的时间到了,但在此之前还必须有一列火车经过,就一列,因为看到火车还有被车窗照亮的河面(小船上的人们抬头望向火车，头晕目眩）能帮助她进入梦乡，能给她一个理由，让她第二天还愿意待在一个并不属于她的地方。离开了这座城市以后，跟儿子或情人在一起时，她才有机会高声追忆过去，才会感到这城市属于她。女孩、保姆，还有忧郁的父亲，三个人等待着，直到来自莫拉达巴德的邮车疾驰而过——它从不准时，延误得难以预料。车身摇摇晃晃，每一节车厢都披着不同的颜色，在月光下像碎片一样，清晰可见。它飞速驶过，填满了整座铁桥，从一头到另一头。克莱尔·贝斯看不到最后一节车厢上晃动的灯笼了，挥手说了声"再见"。说时，她没有指望得到回应，然后，她站起身，穿上鞋，踮起脚，吻了吻沉默的、身上满是烟味、酒味和薄荷味的父亲，终于消失在房子的黑暗中。保姆拉着她的手，也许会在她入睡前给她唱那若有似无的歌。克莱尔·贝斯就这样看着我，我也看着她，仿佛我们是彼此警觉而又同情的眼睛，那是来自过去的眼睛，不过无所谓，因为很久以前这两双眼睛就知道一定会见到对方：也许我们注视彼此的方式，就好像我们互为长兄长姐。虽然我那时不认识她，但我知道我们终会认识的，许多个月里，在牛津我那金字塔形的家和她的家里，在伦敦、雷丁那些单调的酒店还有布莱顿的某家酒店里，在我们毫无规律、断断续续的相会中，我会在床上给她讲赫诺瓦街、科瓦鲁维亚斯街还有米开朗琪罗街的每一个细枝末节。

她将目光移开了。突然，赖默院长似乎从自己荒淫的妄想中清醒了过来，精神百倍地举起了小槌。他发现身边一片死寂（低语已经停止，学生狼吞虎咽地吃完那点可怜的晚餐后，早就一个个从矮桌旁逃走了，还顺手捎走了几把餐刀作为补偿），便露出一种轻蔑而晦涩的神情，用槌柄指着我们说：

"怎么了？你们是没话说了，还是刚刚有天使经过？"他站起身来，用胯部（带着股厌恶）把那盘连豌豆都没动过的牛排顶开，抛出一句粗鄙的拉丁语——连发音都懒得装装样子了。最后，他狠狠敲了敲饱受摧残的木座，兴奋地喊道："甜点！"

这是高桌晚宴极具庄严和（人为制造的）美感的时刻，它是宾客可以起身的信号。人们再次排成队伍（只不过，此时队列相当凌乱，大家东倒西歪，毫无秩序可言），前往一个不那么正式却很温馨的大厅。接下来的一个半小时，大家会悠闲地品尝应季水果、热带水果、干果、冰激凌、蛋糕、馅饼、雪葩、纯巧克力、饼干、薄脆饼，还有酒心和薄荷味的巧克力，此外会有好几瓶（确切地说是好几桶）

波特酒沿顺时针方向快速传递，全是市面上买不到的上等货。这是晚宴的第二阶段，更丰盛，更具中世纪而非十八世纪风情，当地人称之为"月光下吃香蕉"。这时，大家终于可以更换交谈对象，时间也不受限制了。波特酒越发激起了人们的补偿欲，并进一步腐蚀第一阶段已然受损的语言功能，于是谈话变得越来越宽泛，不受约束，杂乱无章，有时甚至不太体面。此外，在某个特定的时刻，院长（照例，全凭他的意愿）会提议为女王干杯，这种可能性极小却并非没有。这也就意味着终于可以抽烟了。不过，我所说的极具庄严和（人为制造的）美感的时刻，是在离开餐厅之前：脏也好，皱也罢，宾客们都得拿上自己用过的餐巾；白色的小小餐巾一闪一闪，与黑色长袍下摆缓慢而舒展的飘动形成美妙的对比，略有行军的氛围（列队前进总是如此）。克莱尔·贝斯颇讽刺地将餐巾当成围兜遮住了胸口。她笑了，我认为她是冲着我笑的。之后的甜点时间，她都离我很远，坐在文学泰斗托比·赖兰兹身旁，挨着她的丈夫。那天晚上，她再也没有看过我。有赖于赖默勋爵出乎意料的宽容，或者他对女王的忠诚，从某一刻起，我开始一根接一根地抽烟。

就在那天晚上，我意识到，当我结束在牛津居住的时光，这段经历必定会成为一个关于惶惑的故事。在那里，开始和发生的一切都将被赋予或者染上那种压倒性的不安感。在我并不惶惑也无不安的人生中，它们注定没有任何位置，注定要消散并归于忘川，正如小说里讲述的种种，或是像我们做过的几乎所有的梦一样。所以，我现在竭力回忆、努力写作，因为我知道，如果不这样，一切痕迹都将被抹去。死去的人也将逝去，他们是我们一半的生命，与活人共同构成生命；事实上，我们很难知道两者有何不同，是什么让他们各自不同。我的意思是，是什么把现存的人和我们认识时还活着的人区分开来的呢？我终将会抹去牛津的死人。我的死人。我的样板。

某种程度上，我在那座城市感受到的惶惑并没什么特别的，因为那里所有的居民都处于错乱的状态，或者说他们都是些错乱的人。因为他们不在这个世俗中，这一点足以使他们进入这个世界（比如去伦敦）时，感到气短、耳鸣、失去平衡、跟跟跄跄，让他们不得不匆匆回到那座使他们的存在成为可能并且给予他们庇护的城市：在那里，他们甚至不存在于时间之中。然而通常情况下，我确乎存在于时间里以及世俗中（比如在马德里），因此我的惶惑，据我在那晚的发现，是另一种类型的，也许是与常态相悖的。我总是生活在这个世界中（我的生命就是在世俗中度过的），那时我突然发现自己处于这个世界之外了，仿佛被转移到了另一种物质——水——中了。我真正意识到自己惶惑的处境，也许是因为我始料未及地在克莱尔·贝斯的眼神中看到了自己的童年，而童年恰恰是一个人最深深扎根于这个世界的阶段，或者，如果非要以一种童稚的方式来表达，那就是，童年时，世界看起来更是个世界，时间更有分量，那时死去的人还没有变成我生命的一半。

晚宴后，我上了楼，去到克罗默-布莱克在学院的房间，打算在睡前再喝上最后一杯。布莱克仍穿着长袍。当他有条不紊、从容自信地备好杯子并打开酒瓶时，我想："在这里，我是一个无人了解、无人在意的外国人，他们不知道我人生履历中最重要的部分，却都知道我不会永远待在这里，而且，最严重、最重要的是，没有任何人认识青年或童年时的我。这就是我感到惶惑的原因：不在世界上，之前也从未待在这个世界。没有任何人见证过我成长的延续，我没有一直待在水中。从某个时刻起，克罗默-布莱克通过我来自马德里和巴塞罗那的前任，对我有所了解，但仅此而已。那时我还没有具体的面孔，只有名字，他只是收到了关于我的一些信息，受人之托关照我。但就是这样，理由也足够充分了，他注定要成为我同这座城市最坚实的纽带，每当我有必须要问的问题，或者遇到疾病、丑闻、严重的情感危机时，都要去求助于他。现在我就要向他打听晚宴上的女人，克莱尔·贝斯。一待他倒好酒、坐下来，我就要问起她和她的丈夫。克罗默-布莱克白发苍苍，面容也苍白，唇边的小胡子似乎永远在表示疑问，他会任其生长，每隔好几个星期才刮掉。他的英式发音谁也模仿不来，崇拜他的学生称之为'旧日的BBC'。他讽刺辛辣，对巴列-因克兰有着奇妙的解读，总带着一副遭到教会核心层驱逐的神情，而且毫无家庭观念。对我来说，他注定是这座城市里父亲和母亲形象的化身，虽然在我的童年和青年时期，他不认识我——完全不认识（我三十多岁了，他在我的青年时期没见过我）。晚宴上的女人也不了解我的童年和青年时期，可是，不知怎么回事，她却看到了我的童年，而且让我也看到了她的童年，看到她还是小女孩时的样子。我知道我不能指望她成为这个城市里我父亲或哪怕是母亲的化身，可无论多少岁、多么自力更生，人人都是需要父母的。哪怕是最年长、最有权有势的人，到了生命尽头也需要这样的角色。他们没有能力或难以在某人身上找到这种化身，并不意味着他们不需要，也无法阻止他们为寻求这一化身而产生幻想，更无法让他们不因其缺失而痛心：他们的需求、渴望与想象始终存在。"

克罗默-布莱克说了声抱歉，给我倒了一杯波特酒——质量次于高桌甜点环节喝的，然后在扶手椅上坐下。我已经坐在他对面的沙发上了，仍穿着仪式性的袍子。我们俩都已酩酊大醉，但对他来说，这向来不妨碍聊天。我们交流时有时说英语，有时说西班牙语，也有时各说各的语言。

"干杯，"他说，然后啜了不多不少正好一滴酒，"不算太糟糕吧？除了经受苹果酒洗礼这事儿——如果能带来些安慰的话，我得说，今年学院里还没人逃过这一劫呢。别误会，你几乎是餐桌上唯一没领教过的人，所以才把你安排在他身边。哈利韦尔初来乍到，那就是他冗长的名片。对他来说糟糕的是，也就这样了，可怜的家伙，谁也不会给他第二次机会了。"

"不管怎样,这不是最糟糕的。"我开口了。不用说,对克罗默-布莱克而言,高桌的美妙之处很大程度上在于晚宴后的评论。但他没让我说出在我看来最糟糕的是什么。

"最糟糕的是达亚南德。"他断言。

我本想说说院长淫荡而轻率的举止,并趁机问问克莱尔和爱德华·贝斯的事,但这一切对他来说肯定毫无新意,他也毫无兴趣。我看着他小口啜着波特酒,修长的双腿交叠,长袍下摆像瀑布般裹在腿上,黑色的身影和白色的脑袋被堆满了西班牙和英国书籍的书架环绕,他的态度、外貌、姿态还有周遭环境仿佛共同构成了一种唯美的伪装。这并不滑稽,我心想:"对克罗默-布莱克来说,女人以及由女人引发的一切都不重要。诚然,对他而言,女人肯定可以是母亲甚至父亲或兄弟姐妹的形象,这些形象虽说在人生的每一阶段都必不可少,却无法引发真正的冲突和烦恼,所以并不值得在茶余饭后一谈。对克罗默-布莱克来说,克莱尔·贝斯可以是这样的形象,对我却不可以,无论如何,她最多只能偶尔成为这样的形象,或者说,等到某一天她彻底摆脱我赋予她的形象时——不管什么样的,充满冲突的、令人不安的、我会赋予她的形象——才能如此。相反,晚宴后,敌人是最值得大谈特谈的，尽兴地、执着地谈。一个人最大的敌人，往往就是那些同时也是其最好的朋友的人。克罗默-布莱克向我介绍印度医生达亚南德时，总是视他为挚友，这一点也正好让他——完美地——成了死敌。至于院长，克罗默-布莱克估计已经习惯了。"

"我还没机会跟他说上话。"

"这样更好。你没看到在晚宴上他是怎么看我们的？"

"看到了。我注意到了他眼神里的火焰，我猜他觉得我这么赤裸裸不加掩饰地表现出对你们的朋友克莱尔的好感很不好，院长那样也很不好。"

"我认为跟这个没关系。他非常敌视地看着我们三个呢，院长，还有你和我。但你以为他会在意赖默在晚宴上做什么吗？其他场合，赖默表现得更糟糕呢：有一次，餐后甜点的时间，他非要用橘子瓣在约克教长妻子的胸脯上拼一串项链。他当着所有人的面这么干，我们都不知道要从哪里找个地缝钻进去，但没有一个人面露难色，显露出他们发现这位想象力丰富的院长突然对水果首饰产生了兴趣！不得不说，教长表现出了异乎寻常的冷静、忍耐力，或许还有克制，他在桌子的另一端不偏不倚地注视着这一切，仿佛只看到了事情积极的一面，仿佛大家在协助他完成一项迫在眉睫的任务，或是给了他一个绝妙的想法。教长夫人身材丰腴，当时只是面红耳赤，带着一丝微笑，含蓄地抗议了几句，便任由人家给她戴首饰了。第二天，想起约克教长超群的沉着冷静，还有教长夫人更值得称道的表现，达亚南德哈哈大笑。你以为克莱尔穿上那件长裙时，不知道自己在干什么？挑逗赖默是我们最古老的乐子之一。你错了，达亚南德之所以向你投来愤怒的目光，是因为今晚你是我的客人，而对赖默勋爵呢，是因为他知道眼下我在帮赖默一些忙，或者说，我们在互相帮忙。最近我们俩像手套和手一样合拍。达亚南德的每一个眼神都是冲着我来的，我肯定，先是透过别人看我，后来就像要用烧红的钉子把我钉死在十字架上一样。他怎么敢的？"

克罗默－布莱克最后这句话是在问自己。

"我以为你们俩是很好的朋友。"

"哦，没错，我们是很要好的朋友。而且他还是我的医生，一位很棒的医生，我可不想失去他。每回我的嗓子刚有点疼，人就已经到他的房间去了，让他在我舌头上压勺子，给我开药丸。我永远都欠着他的人情，但也不至于必须在饭桌上当着二十个人的面，忍受他那发疯的眼神来作为偿还。"

那眼神让他无比气恼,他似乎很明白那种眼神的含义。如果是其他时候,我立刻就会问为什么了,但由于急着想了解克莱尔·贝斯,我一心等着谈话的间隙,好转回到这个话题。由于找不到机会,我沉默了。克罗默-布莱克脸上增添了一丝严肃。他有时会这样。这严肃似乎跟他周围的一切、跟别人说了什么没有关系:这是一种自发的严肃,带着几分做作,如同戏剧中演员独白前或独白时的那种氛围。他说着说着,越来越像自言自语,下巴也渐渐低垂:

"我做不到按他的品位和欲望调整自己,我的意思是,我避免跟他一致,否则,我这辈子都会被捆住双手,会有挫败感。在这个城市里,我做出任何决定、进行任何消遣或者产生任何激情之前,都要先征得他的许可;这意味着我要拒绝那些最诱人的提议,中止最美好的诱惑过程,只为在达成目的前到他的房间里,问他,我即将实施的一切是否会给他造成不便,他是否有异议,我的性行为或者我单纯的好感是否会跟他过去的生活或未来的计划产生冲突,我会不会以回溯或者提前的方式伤害他,他是否注意到、打算注意到此刻在我卧室里任我支配的那张美丽的面庞或那具健美的身体。这太滑稽了——'达亚南德,我的卧室里有个一丝不挂的人,我俩一起睡觉你介意吗?好好看看,拿定主意,别待会儿又反悔了。'可笑。但有些事必须得做,他气恼得很。他以为自己是谁,可以这么干?他以为自己是谁,可以直接探问我最隐秘的问题?他以为自己是谁,可以用那样失望透顶的口气跟我说话?我不能成为他绝望的缘由,我也不是啊。他以为他自己是谁,可以要求我向他汇报?晚饭后他的表现简直匪夷所思。得让他跟杰克谈谈。"克罗默-布莱克停顿了一下,仿佛他刚说出的这个名字是一个内心信号,标志着独白结束,严肃的气氛得以缓和;他用手捋了捋蓬松的头发,将杯中酒一饮而尽,然后抖抖索索地又倒了一杯,说:"他嫉妒得要发疯了,他是个狂人。"

喝酒让我变得寡言,不过我听得很认真。酒精并不影响克罗默-布莱克流畅自如地聊天,但会让他短暂地忘记自己在跟谁说话,会让他提到一些事情而不对我保密(毫无疑问,这是因为我不会永远待在那里)。在清醒的时候,没准儿他不会这么开诚布公。我但凡有点儿坏心眼(可我没有),就会给些恰到好处的回应,激起他的坏情绪,他就会把他的感情生活或性生活、把他和情敌之间的矛盾事无巨细地透露给我。可问题是那天晚上我对那些细节完全没兴趣,尽管后来我不止一次满心好奇,更准确地说,是无比渴望地想知道那些事。我真想知道那个人("杰克")是谁,那时达亚南德和克罗默-布莱克追求的——更确切地说是想要追求并藏娇的人到底是谁;我想知道是什么重要的纽带将他俩紧紧联系在一起,很可能就是那个人。那个人将他俩生死相连,即便如今他们一个仍与生者为伍,另一个已经归于死亡。可在那个冬夜,我却几乎对此人毫无兴趣。

"那爱德华·贝斯呢?他也是个狂人吗,还是跟约克教长一样?"

克罗默-布莱克的笑容温和而短促,谈话之初的快乐忽然回来了。

"有时,我们所有人都可能是约克教长。你真的在想克莱尔。"

"其实不是。我认为我仍在想几天前在伦敦火车上见到、昨天又在宽街偶遇的那个女孩。但由于我不知道她是谁,有可能再也见不到她了,没准儿我也可以开始想你的朋友克莱尔了。"——"我真蠢,"我心想,"为什么不想些更有意义、更有趣的事情呢?非亲缘关系向来如此,行为的变化极其有限,惊喜都是装出来的,过程只是按部就班,一切都幼稚得很;接近、实现、疏远;圆满、争执、怀疑;

确信、嫉妒、抛弃、欢笑；一切在开始以前就已经让人厌倦。我心神不宁，因为我不在这个世界之中，我无法分辨哪些事情应该思索，哪些思索只是在可耻地浪费时间和精力。我无法集中精神，我不应该想那个年轻姑娘也不应该想克莱尔·贝斯的。我可以做跟她们有关的任何事，唯独不能想她们。我醉了，惶然，有的是时间，在我旅居的这个静止的城市，我慢慢变成了一个傻瓜。"我把自己的想法总结出来，直截了当地说："我不应该想这些的，我应该想想更有趣的事情，尤其是谈论更有趣的事情。抱歉。"

"你以为有这样的事情吗？"克罗默-布莱克又现出了严肃的神情，只是没有刚才那么夸张，而且不失开朗愉悦。这就是晚宴后的谈话。这时，他早已从桌上我的烟盒中抽出一支烟，笨拙地用我的打火机点着了。他从不带烟也从不带打火机。他擎着烟，仿佛那是支铅笔。他没有把烟吸进去。他不会抽烟。

"好吧。"我说，喝光了杯中的酒，试图寻求答案。克罗默-布莱克又给我斟满了，他的手不再颤抖。我帮他点好了烟。

"谢谢。看看我吧，看看达亚南德，看看赖默；看看卡瓦纳，甚至注意一下托比或者屠夫吧。就他们的年龄和性格而言，他们肯定过着一种清心寡欲的生活。当然，也看看特德。你不太了解他们，但我了解啊，我了解他们。除了女人和男人，没有人考虑别的事，一整天只是一个必经的程序，好让你能在某一个时刻停下来，开始想他们。你停下工作或学习的目的，无他，就是为了能想他们，甚至跟他们在一起时我们也在想这些，至少我是这样的。他们不是我们生活中的括号，这些才是：上课和研究，阅读和写作，讲座和庆典，晚宴和会议，金融和政治——一言以蔽之，我们认为的所有活动的总和。这都是些生产活动，带来金钱、安全感和名誉，让我们得以生存，让一个城市或国家动起来并运转有序，这样我们才能全身心地去想男人和女人。甚至在这个国家也是如此，这与我们一贯的标榜和名声相悖，与我们愿意相信的一切相悖。这些活动才是括号，而不是反过来。我们所做、所想、所策划的一切，都是用来想男人和女人的手段。连战争也不例外，发动它们也是为了能更新那些一成不变的念想：我们的男人和我们的女人，那些曾经属于或者可能属于我们的男人或女人，那些我们已经认识和永远也不会认识的人，那些曾经年轻或将要年轻的人，那些已经上过我们的床和永远也不会上我们的床的人。"

"这挺令人愉快的,但有点夸张不是吗?"

"也许吧,但这就是我的亲身经历,我的所见所闻。哪怕是这个在人们的认知中,所有空间和时间都只能被学习占据的地方,我也看到了这一切。总是如此。我知道,等我老了,退休了,除了得到一些似是而非的名誉、照管我的花园,我做不了别的事了,但我依然会想着他们,会在大街上停下脚步,艳羡地看着现在还没出生的年轻人。这是唯一不会改变的事情,我敢肯定。也正因为如此,现在我的思想活动非常活跃。我制造并储藏未来的记忆,好让我的老年丰富些。我的老年将会像托比一样孤独。你应该跟他交朋友。"

"那克莱尔·贝斯呢?她在想谁?"

"哦,我不知道,我刚才说的是男人的思想,男性的思想,我只了解他们,很确信他们是什么样的,他们只有很细微的、无关紧要的差别。我估计克莱尔在想她的丈夫、儿子,肯定还有她父亲。据我所知,她跟父亲的关系紧密而复杂:既有怨恨又有无条件的爱,既充满期待又满是愤怒,大概是这样。我猜,对她来说,如同对我来说一样,只存在男人。她的童年是在埃及和印度度过的,身边都是女人,却恰恰缺失母亲,缺失这个最重要的女性角色。她从来不说，至少从来没提起过她母亲；我猜想是在她小时候就去世了，不知道是不是在分娩时去世的，我不知道，她从未在我面前提过。她也很少去看望她的外交官父亲。据她说童年时有一个保姆总陪着她，肤色黝黑，穿着拖地的长裙。她如果在大街上看到哪个外国女人身着色彩艳丽的服饰，还来自她生活过的那块土地，她的目光就会变得柔和。很多英国人，成年后回来或者第一次来到这里之前，英国对他们来说仅仅是一个名字而已。一如他们，她的人生很奇特。不过，这样的人现在几乎没有了，是种濒临灭绝的生物。她到这儿来上学，之后便留下来教书。这并不常见。我们的大部分学生都会从事真正能挣钱的职业，金融或者管理，尽管他们了解最多的是贡戈拉或塞万提斯。在这里学习就是有这样的好处，人们会认为，经受了我们的教学法和规训后（尽管越来越宽松），他们就能胜任任何工作，就算他们在这里做的事情不过是分析十四行诗的格律，在关于卡尔德隆或蒙田的口试中结结巴巴说些前言不搭后语的话。只有那些最不擅长在这世界上生活的人，比如我，才会穿着这身愚蠢的长袍回到这里。"说到这儿，他终于把自己的长袍脱了下来，我也趁机摆脱了我的袍子。私下里，我从未习惯过这衣服，穿上它，有时会感到它与我们国家那种滑稽的、幸好已被废弃的斗篷有种令人不快的相似。克罗默-布莱克小心翼翼地把这堆黑色的布挂在门后,又坐了下来,继续喝波特酒,抽完我点的第一支烟后又点燃了第二根,他醉醺醺的,差点把烟从中间点燃。空中弥漫着未经肺部过滤的烟雾,比我时不时呼出的(过滤了的)烟更恢宏、更浓烈。克罗默-布莱克醉了,很可能醉得比我更深,但说话依然坚定而流畅,正如他在泰勒院每周的研讨会上想把外校来宾辩倒在地一样(他对给加西亚·洛尔迦歌功颂德的传记作者尤其刻薄,认为洛尔迦是个头脑简单的"诳诈之徒"———他非常喜欢用古旧的词语)。但克莱尔不同,她为人处世游刃有余,完全可以像她父亲那样胜任外交官的工作,而且父亲肯定会帮她。我不知道她为什么最终留在了这里,也许是为了特德,毕竟我没看出她对教学有什么激情。虽然我们有多年的交情,相处得一直很好,还有很多共同点,但我认为我并不真正了解她。她身上有种奇怪的、不透明或者混沌的东西,仿佛她过去在国外待过,就让人无法彻底看透她,让她最终成为一个难以理解的人。就大多数人来说,过了某个年纪,我们总能知道或猜出他们喜欢什么、想要什么、真正感兴趣的是什么,或者至少他们愿意把时间花费在什么上面。

关于她，我却不太知道，不很清楚。我承认我只想着那些属于我的年轻人，过去、现在和未来的那些年轻人，真的只有这些，尽管从我的活动和职业来看，我的兴趣是西班牙文学（其实我一点儿兴趣都没有，或者说，并不比对其他地方的文学更感兴趣；事实上，甚至还不如对某些地方文学的兴趣呢），是学术上的晋升（其实我只有一半的兴趣，不是因为有追求，而是为了避免风险，让工作能轻松舒服些），还有这座城市里时时刻刻都在编织的阴谋诡计。我承认，对最后那项我的兴趣更浓些，不过我不像很多人那样全身心地投入进去。毕竟，搞这些的终极目的都是金钱，就是钱。可是，学院经手的大笔资金都属于机构，谁也不能占为己有或谋取私利。我自己已经掌管了足够多的钱，经手许多以学习、研究和旅行为名义的资助，但我只是用益物权人而已，就像出纳和院长一样。有些出纳经手并决定上百万英镑的使用，通过他们的管理这些钱还能很漂亮地翻个好几番；可到头来，他们自己的丧葬费还得靠募捐。这些人一旦退休或死去，所管理、分配、调拨、使用、看见、抚摩并增益的钱便消失了，不给个人带来任何利益，不留任何痕迹，又转移到了新的用益物权人手中。在这里，只有机构才算数。你只要是一个机构的成员或代表，就可以有权有势，但如果没有机构，或者你在机构之外，你就一文不名。所以，你最好永远跟院长保持良好关系，更不必说和出纳了。我们拥有的、享受的一切，包括在伦敦的不管是政治还是金融方面的靠山，都会随我们的职务、活动或生命的终结而终结，仅此而已。托比最常念叨的就是，几乎已经没人就伦敦的事跟他咨询什么了。职务可以被解除，继承却毫无可能。此地之所以有这么多单身汉，我想这就是原因之一。你如果知道，在度过了自律、奉献、充满威望而又富足的一生后，给家人留下的不过是一个卑微的大学教授的一点可怜的退休金，你就不会有什么心情去组建家庭了。不过，我还是希望能成为这所学院的出纳。我知道，到了该放弃那些钱的时候我不会太遗憾。我很清楚，我不会有缺乏教养或劣迹斑斑的儿子，指责我在度过辉煌岁月后让家人陷入极端的贫困。我不存在组建家庭的危险。

财务主管[①]，这是一个很有牛津特色的单词，克罗默－布莱克用它来指代自己希望得到的职位。"克罗默－布莱克不愿意提及或讲述有关克莱尔·贝斯的任何事，"我心

---

① 原文为"bursar"。

想,"他可以滔滔不绝地说上几个钟头,谈论任何话题,做出仿佛在跟我聊克莱尔·贝斯的样子,但他始终没说出一丁点儿我应该知道的;只要不告诉我任何关于克莱尔·贝斯的关键信息,他就可以讲述他自己最隐秘的愿望和最真实的野心,向我坦承所有我并没有要求他讲出的故事。如果他的目的是转移我的注意力,劝服我,让她免受任何来自我的诱惑,那么他用错方法了。他越是回避、拖延、不说出我感兴趣的内容,我的兴趣就会越浓厚、越急迫、越执着、越吞噬一切。我甚至渐渐忘记了火车上的女孩,她太有潜力、太年轻、太独立,对自己的存在太缺乏意识。克莱尔·贝斯不是这样。她更了解自己,正是这种了解让人有魅力、赋予人价值:她能够掌控自我,规划并主导自己的行为。真正触动人心的,是清楚地知道自己做或不做某件事的分量和意义。相反,'随性'没有这种力量,'天真'给人的唯一希望就是天真终将消逝。克莱尔·贝斯应该有情人,尽管克罗默-布莱克不愿意告诉我——肯定是出于他跟她丈夫的友谊,出于对后者的尊重,而不是因为谨慎(从克罗默-布莱克的讲述来看,他这个人不仅需要、看重冒失,甚至还依赖于冒失呢)。她丈夫关我什么事,我又不认识他。假如可以,我永远也不打算认识他。我不属于这个城市,也不会长久待在这里,我在这座城市建立联系有什么意义?在我之前发生的一切又有什么影响或分量?在这儿,我没必要为参与过什么承担责任,我什么也没参与过。在我第一次踏入这个静止的地方时,它就开始运转了,只是在这个惶惑的夜晚降临之前我从没有意识到。一旦我离开,现在发生什么又有何关系?我不会留下任何印迹。对我来说,这里就是我人生的途经之地,只是途经的时间很长,长到我必须在此期间找到一个可以称之为'爱情'的东西。我不能允许自己拥有这么多时间却没有人可想,因为,如果是这样,如果我不想念什么人而只是想事情,如果我的逗留和生命不是在跟某人的纠葛、期待和憧憬中度过,那么最终我就会什么也不想,对周遭的一切、对自己内心生发的一切也都提不起兴趣。克罗默-布莱克也许是对的,至少部分是对的:最有害的,也最不可能的,就是不去想女人——多个或者一个女人——对他来说或许是不想男人。仿佛我们头脑的一部分只能用来思考其余部分都竭力逃避甚至不屑一顾的东西,可要是没有这一部分,其余部分也都无法高效、正常地运转。仿佛不想任何人(也可能是很多人),就会阻碍我们想所有的事情。至少对那些不认真的人来说就是这样。我就不认真,实际上也没人会对我较真。

我的想法飘忽不定，我的性格很脆弱，但是很少有人知道这一点，尤其在这儿，更没有人知道。所以，我打算利用我们喝醉的机会，直截了当地问克罗默-布莱克。醉汉的问题总能得到答案。我要立刻问他克莱尔·贝斯有没有或者是否有过情人，她是否爱自己的丈夫。我要在这里待两年（已经不到两年了，已经不到两年了），这将是惶惑的两年。我要问他，我有多少胜算将她变成在此期间我想念的人。既然克罗默-布莱克注定要扮演我父亲和母亲的角色，我就得让他给我建议，我要问他在此期间我是否有可能取得克莱尔·贝斯的用益权，只要用益权，我不谋取个人利益，也不留下痕迹。我现在就要问他，不拐弯抹角，我要直截了当，以在英国罕见但在马德里常有的方式问他。就算克罗默-布莱克刚刚说了好几遍财务主管这个词，仿佛对我的心思浑然不觉，还想远离我想知道的事，我也要问。我要开门见山地发问，这样他除了回答没有别的办法，只能回答有还是没有。他应该知情，不过，他也可能回答不知道。"

"克莱尔·贝斯有情人吗？"我问。说真的，一张口我才意识到自己并没有做好准备，是脱口而出的。

"什么？"克罗默-布莱克应道，"有。没有。我不知道。"

当一个人独处，当他独自生活而且是在国外时，他会格外留意垃圾桶，因为垃圾桶或许是唯一长久跟他保持关系，甚至可以说是持续保持关系的东西。每一个即将亮相的黑色塑料袋，簇新、亮闪闪、平整整，都能产生一种绝对清洁、蕴含无尽可能的效果。晚上，这个人把它放好，便已经是新一天的揭幕或承诺了：一切即将发生。那只袋子，那个桶，有时是一个孤独之人一天中唯一的见证者；陆续投放进去的是垃圾，是这个人一天的痕迹，是他丢弃的一半自我，是他决定不成为也不保留的部分，是他所吃、所喝、所抽、所用、所购、所产生和接收之物的另一面。一天结束了，袋子和桶满了，混沌不清，但是，这人看到它们在变大、变形；里面的东西未经分拣、不分彼此，然而，这人知道这些东西源自何处、条理如何，并且知道这种混沌就是他自身的条理和解释。袋子和桶证明他那天存在过、积累过，跟昨天和明天略有不同却又保持一致，它们是两者间可见的纽带，是这个人旅途唯一的记录、证明或信物，是这个人唯一真正完成的作品，是生命的线索，也是他的时钟。每当这个人走到垃圾桶前并往里扔东西，就会再次看见并接触到几个小时前他丢弃的东西，这给了他存续感：他的一天就由去往垃圾桶的次数来标记，在那里，他看到早餐喝的水果酸奶的瓶子、清晨起床时只剩两支烟的烟盒、邮差送来的现在已撕破的空信封、可口可乐的罐子、开始工作前削铅笔留下的刨花（尽管后来用的是钢笔）、他认为不完美或有错而揉皱的纸张、装过三个三明治的玻璃纸袋、烟灰缸里无数次倒下的烟蒂、蘸了香水用来擦拭额头的棉球、为了不中断手头工作而心不在焉吃掉的冷盘的油迹、从系里收来的无用的报告、一片欧芹叶、一片罗勒叶、锡纸、豆荚筋、剪掉的指甲、发黑的梨皮、牛奶盒、空药瓶、旧书店包书用的粗糙牛皮纸。一切都被一点点压缩、打包、相互覆盖、融合，就这样构成一个人生命中一天的轮廓——具体且坚实。把袋子系紧再扔出去意味着压缩并结束这一天，而这一天的标记也许仅仅是这些动作：扔掉废品和碎屑，舍弃、选择并辨别无用之物。辨别的结果就是这部作品：它决定了自己的结局——垃圾桶满了的时候，它就结束了。那时，只有在那时，里面的东西才真正成了废弃之物。

我开始每天留意垃圾桶和它的变化过程,是在我刚刚回忆的那个夜晚过去一年后。那时,由于各种原因(以后再谈),我见到克莱尔·贝斯的次数比我期望的要少(我也没找到可以替代她的人);我在牛津的工作——假如说有的话,也进一步缩水(可能因为我做事越来越机械了)。我更加孤单、清闲,四处探索的阶段已经结束。不过,其实早在那之前,从一开始,我在周末时就格外关注垃圾桶。英国的星期天不仅像其他地方那样的死气沉沉——得踮起脚度过,不引起注意也不把它当回事,更如波德莱尔所说(我记得他说过),简直像是被逐出了永恒。一周的其他时间里,我的教学任务寥寥无几,但总归有一些消遣。这座城市永远都不缺的消遣之一(对于成瘾的人来说,可以变成唯一的消遣)就是寻找绝版的、古老的、稀有的、奇特的、让病态或荒诞不经的收藏者痴迷的书籍。对于热爱者来说,旧书店就是英国尘封的隐秘天堂,光临者是这个王国里最尊贵的绅士。书店丰富多样,拥有无尽的藏书,藏品更新的速度令人咋舌,永远也无法仔细淘尽。这些书店就像是一个个虽不大却繁荣兴旺、充满生机的市场,是永远能带来惊喜和收获的地方。在戴着手套翻阅和搜寻的两年中，我发现了一些难得一见的宝贝，价钱还低得难以置信，比如理查德·弗朗西斯·伯顿（书商们口中的"伯顿上尉"）翻译的十七卷《一千零一夜》，这是第一个也是唯一的全译本。[①]这套书在一个多世纪以前出版，限量一千套且都有编号，仅供应给伯顿俱乐部的成员，并承诺（已经兑现）永不增印或重印——的确，那部蔚为大观的维多利亚时代译本再也没有完整重印过，只有节选或者伪造的版本。它们都宣称自己是全本，但实际上在当时被认为（或者被伯顿夫人认为）下流的内容都已尽数删除。猎书者注定要对自己最心仪的猎物专精，以最大的热忱找寻其蛛丝马迹，但与此同时，随着"收藏癖"这一不可遏制的病毒入侵体内，他们的兴趣也不可避免地变得越来越浓厚和广泛。我就是这样。我的好奇心不断膨胀、分散，有五六位作家的书成了我首批系统搜寻的目标。做出此等选择，不是为了阅读和拥有它们，而是因为找到它们很困难。这些作家都是些二流的、古怪的、不得志的、被遗忘的或者从未得到赏识的人，他们的著作甚至在本国都不会再版。其

[①] 理查德·弗朗西斯·伯顿（1821—1890），英国探险家、翻译家、作家。他曾就读于牛津大学，后广泛游历亚洲、非洲和美洲，精通20多种语言，翻译了包括《一千零一夜》在内的诸多作品。

中最有名（他在我的国家比在他的国家名气大得多）、最不能算二流的是威尔士人阿瑟·梅琴，那位文笔精妙、善于描写幽微恐怖的古怪作家。西班牙内战期间，在一份对五十位英国文学家展开的调查中，他是唯一公开表示自己站在佛朗哥阵营的人——也许是为了不否认他对最纯粹的恐怖的喜爱吧。尽管声名卓著，他的英文原版书却很难买到，更别提收藏者十分看重的旧版了。由于很难找到我缺少的书，我便告诉几位书商，如果他们遇到这些书就帮我留着，甚至还央求他们帮我四处寻找。

英国的旧书商们会在全国各地游历，探访那些偏僻小城、荒凉小镇上的破败书店；他们还会寻访那些乡间宅邸，有学问的主人已经去世，后代目不识丁，于是他们总能在当地简陋的拍卖会上大赚一笔。他们也不会错过任何临时或自发形成的地方书市（往往在消防器材库、冷清的酒店门厅或教堂的回廊举办）。他们马不停蹄地奔走、搜寻、打探，如果你想要什么，跟他们谈谈是很有意义的，他们很可能帮你弄到手。我常打交道的书商中，有一对姓阿拉巴斯特的夫妇，对我那怪诞的藏书贡献良多。他们的书店小巧、舒适而阴暗，质朴中带着些病态，是个温馨与恐怖交织的地方。贵重的实木书架上，成千上万本书杂乱无章地堆叠着，真是不可思议。它们的重量完全压弯了书架，让人看不到架子在哪儿，与其说是把这些书放在架子上，倒不如说是这些书压迫、埋葬了架子。这个陈旧、满是灰尘而又昏暗的地方，即便是上午阳光最充足的时候，也只靠几盏带玻璃罩的灯照明。他们想必挣了不少钱，因为他们有一台光彩熠熠的电视机，每当哪个潜在买主胆敢到地下室探索时，他们都无须上下楼梯，通过这台闭路电视就能看到那里发生的一切。地下室里只有一只忽明忽暗的灯泡。这对夫妇似乎想用这种方式参与和他们的商品格格不入的现代化，每天都通过（黑白）电视看着自己脚下几米处的（彩色）内容度日。阿拉巴斯特太太面带专断的微笑，这种笑容在英国电影里十分常见，臭名昭著的杀手在选择下一个牺牲品时就会露出这样的笑容。她人到中年，头发灰白，目光锐利，一口烤瓷牙。她永远披着一条粉色的羊毛披肩坐在桌前，在一本巨大的账簿上写个不停。她总在忙活，只有（时不时）认真而饶有兴致地通过屏幕查看地下室时才会停下来（那里几乎总是空无一人且无事发生）。由此看来，阿拉巴斯特夫妇经手的钱款数额一定很大，账目也很繁复。阿拉巴斯特先生，也就是这个姓氏的原主人、那位夫人的丈夫，同样总是面带微笑，不过他的笑容更像是不知道自己将要被勒死的受害者的那种。他衣着考究（穿着休闲装），仪表堂堂，灰白的头发梳得整整齐齐，带有那种老派的、理论上的采花大盗的神气（因为出身，或因为过早且坚实的婚姻，没能来得及展示自己的迷人之处，但年轻时的魅力和香水味都尚未离他而去）。虽然他永远在场，但在我印象中，他从未回应过我任何一次提问或咨询。他精力充沛、热情洋溢，总是微笑着道早安（显得一往无前），但只要有任何事情或者任何需要解答的问题，不管多么微不足道，他都要交给更有见识和权威的妻子。他转向她，充满活力地重复一遍别人刚刚问他的问题（"弗农·李[①]的书到了吗，亲爱的？"），他把问题据为己有，只在结尾处加上一个"亲爱的"，仿佛他才是那个有兴趣知道答案的人。一如妻子享受着桌子和舒适的扶手椅，他也很满足于坐在扶梯的某节台阶上。我常常内疚地请他起身，以便查看那些最无人问津、最难够到的书架。他总是站在一旁，等我在高处翻找完后，就用布随便抹一下充当座位的台阶，没有一丝不耐烦地坐了回去。每次我走进店里，都看到他俩保持同样的位置和姿势，一成不变。她在那大

[①] 弗农·李（1856—1935），本名维奥莱特·佩吉特，英国文艺批评家、小说家，以美学论著闻名。

本子上算着账，或是目光炯炯地盯着电视；而他抱着胳膊（我从未看他读过自己家的一本书，也没见他翻阅报纸，更别说跟阿拉巴斯特太太交谈了），斜倚在扶梯上，一副等待的样子，主要活动就是（间接地）查看地下室的情况。每当有顾客进门，阿拉巴斯特先生都会快活而开朗地打招呼，这表明在处于被动、从属地位的他看来，哪怕只是有人出现在小店门口，都是当天的大事，而他热情地致以问候就是那一天中他最光荣、最展现交际能力的一刻。我说过，实际上，他打完招呼后连最简单的问题都答不上来，哪怕只是用手指一指，告诉顾客去哪里找他们想要的书（"咱们有旅游类书籍专区吗，亲爱的？"）。阿拉巴斯特夫妇是那么入神地通过电视屏幕盯着地下室，我不禁怀疑，他俩是不是有什么特异功能，能看到人们看不见的东西。我不止一次在地下室细细探寻那些角落和地面，比找书花的时间还要多，希望能发现藏在那里的小动物，或是听到鬼魂微弱的呼吸声，但我从未看到也从未听到什么。我猜想，当我在那个蛛网连绵的地下室、在一片幽暗中翻找时，阿拉巴斯特夫妇一定正兴奋地屏住呼吸，在那个单调的屏幕前等待我的身影出现——他们刚刚在楼上看到过。不止一次，我忍不住想做些荒唐事，比如偷本书，给他们提供一点乐子或惊吓。虽然没真的这么干，但一想到这四只紧盯的眼睛（两只天真，两只邪恶）把我的行动变成了一场小小的表演，我就禁不住在那里流连，并尽量让自己赏心悦目。我来回走动，脚步飞快而毫无章法，不停脱掉又戴上手套，把大衣敞开又扣上，捋顺头发，并在抖落书上的灰尘时弄出很大声响，夸张地、慢悠悠地翻书，在本子上记笔记，假装不耐烦或犹豫不决地跺脚，咳嗽，叹气，嘟哝，用西班牙语大声感叹，就这么为我的表演增添尽可能多的花样。

在我告诉他们我对梅琴的所有作品都感兴趣后不久（不过说真的，他们似乎没离开过牛津城哪怕一里地），接下来几天淘书时我注意到了一个人，他似乎跟我的路线完全一致，只是略微滞后些。在沃特菲尔德那巨大的古董书店里，在桑德斯版画店神秘的楼上，在特尔街的斯威夫特、泰特尔斯书店，在布莱克威尔书店那宏伟而品类齐全的二手书区，在桑顿书店的三层楼里，在远一些的阿泰米斯，甚至在小小的专营希腊和拉丁书籍的经典书店，我都见过他晃荡的身影。我自认为观察力不差，但认出此人并不需要多少本领：他自己就相当独特，而更引人注目的是那只始终伴他左右的狗，总在书店门外等着。那是只漂亮的红褐色梗犬，一副机警的模样，缺了一条腿——它的左后腿被齐刷刷地截去了，所以它被拴在门口时总是躺着，不过一察觉到有人出来就会立刻起身。我想，它肯定是盼着那位嗜书如命的主人。我一般比他到得早，离开得也早，每次我出门，这只梗犬就会起身，露出它小小的、光亮的残肢，就像萎缩的蹼。我摸摸它的脑袋，它就又坐下了。我从未听到它叫唤或者哼哼，就算是下雨或者刮风，也没看到它有什么不悦。它的主人并没有缺一条腿，却遵循着主人与宠物应该保持某种相似性的规律：也很明显地瘸着腿，且同样是左腿。尽管有两三天我没看到他们在一起（总是人在里面，狗在外面），但很容易就产生这种联想，不会有错。那个人衣着的质地不错，只是有点破旧。他很自然地戴着一顶帽子，从皮肤和头发的颜色来看，应该是爱尔兰人。

我难免会注意到他（不是刻意的），因为即便在最大、最如迷宫般的书店里，我也总会在某个时刻和他查看同一个书架。我们只是迅速而平淡地交换眼神——蒙了纱的眼神，我从未想过这家伙跟我那些难以预料的行动路径有什么联系，更想不到他在跟踪我。不过，尽管他这么显眼，此前我却从未见过他，在城里散步时也没有，所以不免有些奇怪。现在见面的次数多了，尽管我没怎么特别留意，这一人一狗的残缺形象还是让我短暂地感到了一丝不安。也许他只是过路的外地人，一个来牛津扫货的伦敦书商。

在一个被永恒放逐的周日的早上，我在自己那金字塔形、极不温馨的家里工作。时不时地，我会将目光从纸上移开，望向窗外。我看到那个年轻可爱的吉卜赛卖花姑娘，她穿着高筒靴、牛仔裤和皮夹克。节日期间她都会在街对面的人行道旁卖花——不管是大雨倾盆还是大雪纷飞。我有时会从她那儿买一束花，好在我的流放生活中能跟人说上几句话。一次短暂的歇息时，我又一次抬起头，看到那个瘸腿男人和他的狗沿着圣吉尔斯街走来，前者的瘸腿明确可见，而后者则干脆无误地少了条腿。他们在对面的人行道上一瘸一拐走了好一会儿，到花摊前停了下来。"这人怎么周日出来了？"我心想，"所有书店都关门了啊。"见他摘下帽子买东西、和女孩交谈，我重新投入到无聊的工作中。几秒钟后，我家的门铃响了。我想可能是卖花姑娘，她有时会跟我讨杯水喝，我则会给她罐可口可乐或啤酒。我正要下楼，抬头却发现她仍伫立在街对面。我下去开了门，是那个男人，正带着失去左腿的狗站在门口的台阶下。他把褐色的帽子贴在胸前，冲我不好意思地笑了笑。

"早上好,"他说,"我叫艾伦·马里奥特。我本该先打个电话的。可我没有您的号码,只有地址。我也没有电话。我想跟您聊一会儿。如果您不是很忙的话。我一直等到周日才来。这是人们最清闲的日子。一般来说是这样。我们能进来吗?"他说话的时候,每句话都停一下,而且基本不使用连接词,仿佛他连语言也有点跛似的。他没系领带,又仿佛是系了一样,可能是帽子的缘故,也可能因为他的衬衫是深蓝色的且扣子一直扣到领口。他完全不像个大学生,也不像穷人或者失业者,拿着帽子的手上戴有两枚戒指——品位不怎么样。他身上有种可怜而且不完整的感觉,不过这也许只是跛脚造成的印象。

"您能告诉我有什么事吗?如果跟宗教有关,我没时间。"

"哦,不。绝对不是宗教的事。除非您认为文学是宗教。我不这么看。是文学的事情。"

"这狗怎么了?"

"发生了一场打斗。"

"好吧。请上来,跟我说说怎么回事吧。"

我让他们进来,带着他们走向旋转楼梯。上楼前,这人仿佛了解或想象到这家是什么样似的,朝着厨房迈了一步,彬彬有礼地问道:

"我把狗留在厨房?"

我看了看这只可怜的三脚狗,它一副温顺、平和的样子。

"不,把它带上去吧,它应该得到尊重,跟咱们待在一起好些。"

楼上,即二层的房间被我用作客厅和办公室。一到这里,这人便忍不住将视线投向我在牛津寥寥无几的书籍,它们只勉强占据了两层书架(每隔一段时间,我都会把用过的书打包寄回马德里)。我带着无法摆脱的拉丁式热情问他想喝点什么,他说不用了,更多是惊讶于我的提议,而不是不愿意喝。很显然,他感到自己是个不速之客。我坐在刚才工作的椅子上,把沙发让给他。坐下时,他没有脱掉皱巴巴的风衣。狗躺在他脚边。

"它怎么了?"

"迪德科特车站的一群混混。他们找我的茬。狗为了保护我,咬了他们中的一个人。那人伤得很厉害。他们捉住了它,把它放到我们当时正等的那趟火车的铁轨上,站台另一边。他们把我也绑住了,还堵住了我的嘴。当时夜深人静。他们想让火车把它轧成两半。从中间竖着轧。但火车来了。他们不敢把手放在离铁轨那么近的地方,等到最后一刻。那火车看起来没打算减速。没停。不是我们等的那列。它翻转身子,结果只丢掉一条腿。您不知道它当时出了多少血。那些人惊恐地逃跑了,往田野里跑的。我只挨了几棍子。我的腿是小儿麻痹症造成的。小时候就这样了。"

"我不知道迪德科特车站竟然这么危险。"

"只有在有球赛的时候才这样。嗯,上次是因为牛津联升入了甲级联赛。这种事不常发生。"

我忍不住拍了拍狗的背,它毫无反应。

"是猎犬吗?"

"是。现在不打猎了。"

"但猎书,没准儿。"我不确定该不该这么说。

这人微微一笑。他面色和善,蓝色的眼睛有点苍白,很大,稍稍斜视。你很难同时注视这两只眼睛,也无法判断它们在往哪儿看,但这更多是因为半透明的虹膜,而不是因为斜视。

"是的。抱歉。阿拉巴斯特太太跟我谈起了您。她给了我您的地址。"

"阿拉巴斯特太太?啊,对,我把地址留给了她,好让她找到一些书的时候通知我。我不确定她是否该把地址给您。"

"是。我知道。您别生气。您得原谅她。她跟我很熟。她跟我说起了您。我很想认识您。我一直缠着她来着。这些天我一直在书店里跟着您。我不想在大街上跟您说话。您也许已经察觉了。"

"跟着我？为什么？"

"看看您买什么，怎么买。您花多长时间翻书架，花多少钱，花在什么书上。您是西班牙人，对吗？"

"对，马德里人。"

"阿瑟·梅琴在你们那儿有名吗？"

"他有几本书译介了过去。博尔赫斯介绍过他，很赞赏他。"

"我不知道博尔赫斯是谁。您应该介绍一下。是为了梅琴。这是我来看您的原因。阿拉巴斯特太太说您在找他的书。"

"没错。您有他的书给我吗？到目前为止，我还没有太多收获。您是书商？"

"不是。但我做过几年书商。现在找到梅琴的东西不太容易。我几乎有他所有的书。但还不是全部。您要是找到了哪本您不感兴趣或者已经有了的书，请您一定替我买下来。如果不贵的话。我总能找到买主的。我也从来没见过《缰绳和马刺》,是一本散文集,在美国出版的。"艾伦·马里奥特停了下来,由于我一言不发,他突然不安起来。他用两只手转着褐色的帽子,盯着地面,然后望向窗外。我不知道从他坐的地方能不能看到卖花姑娘,但我没看到她。他掏了掏风衣。狗打了个哈欠。终于,马里奥特又开口了:"您听说过梅琴协会吗?"

"没有。那是什么?"

"我暂时还不能告诉您。我想知道您有没有听说过它。要给您讲的话,我首先得知道您是否有兴趣成为其中一员。我们在西班牙没有任何成员。南美也没有。您会回西班牙的,对吗?"

"对,再过一年多吧,不是这个学年末,是下个学年末。"

"不着急。"

"我放假的时候也常回去。我在这儿的大学教书。您看啊,如果不知道这是什么组织,我很难决定是否要加入。"

"是,我明白。但是是这样的:重要的是名字,听到这个名字的反应。人们听到一个名字后总是有反应的。能说明很多问题。"

"您是不是至少可以告诉我,我该做什么才能加入这个组织?"

"哦,原则上,您只需要缴纳一笔微薄的会费,一个季度十英镑。这样,您就在名册上了。我们在英格兰有将近五百名会员。威尔士更多。还有名人。"

"五百个梅琴迷?他们能得到什么?"

"看情况。根据年头不同而有差异。现在这个阶段,您会收到一些报告,还有一些刊物。不是定期的。有些需要另付费。但是没多少钱,可以打折,买不买随便您。我已经干了十二年了。"

"祝贺。从那时起,除了迪德科特车站这只狗的事以外,没再发生什么吧?只是挨了几棍子,对吗?"

"您什么意思?"

"我的意思是,没出过事。"

"哦,没有,绝对没有。如果您是这个意思的话。您不会有任何危险。这事不会影响您的生活。还有名人。"

"没有任何恐怖的事?没有任何可怕的事?这可是梅琴协会。"

马里奥特笑了。

"不算过分的话,我现在想喝杯啤酒。"他牙齿稀疏,回想起来,他的嘴简直像在大声呼唤牙套。他从风衣口袋里掏出纸巾，擦掉几滴眼泪。很奇怪，不过是笑了一声，那双苍白的眼睛里就涌出了泪水。我给他拿了罐啤酒上来，他几乎是一口气喝光了，那里面可全是泡沫。之后，他说话便流畅了许多："梅琴笔下的恐怖非常隐晦。这很大程度上取决于与思想的联系。思想的链接。把想法连缀起来的能力。比如某两个想法，它们分别存在时不会带来恐怖的感受，但联系在一起就会使人感到恐惧。您可能一辈子也体会不到这种恐怖。但您要是运气不好，总是能精确地建立联系，您就会生活在恐怖之中了。例如，您家对面那个卖花的姑娘，她身上没有任何可怕的地方，她本人不会令人恐惧。恰恰相反，她挺迷人的，可爱，友善。她摸了我的狗，我从她那儿买了几枝康乃馨。"说到这里，他从风衣口袋里掏出两枝康乃馨，已经被折弯压扁了，仿佛他只是为了跟卖花姑娘搭话才买的。"但那个姑娘也可能带来恐惧。要是把她和另一个想法联系起来，就会滋生恐惧。您不相信吗？我们现在还不知道空缺的那个想法是什么。我们不知道那缺失的另一半是什么。但肯定是存在的。肯定有。只是它是否会出现的问题。也可能永远也不出现。可能是我的狗，谁知道呢。女孩和我的狗。有栗色的长发、结实的长腿、高筒靴的这个女孩，和我的狗，缺了左腿的狗。"艾伦·马里奥特瞥了一眼他的狗,它正昏昏欲睡。他看了看狗的残肢,轻轻抚摩了一下。"狗跟着我是很正常也很必要的。要说奇怪也无可厚非,我的意思是我俩在一起时会有这种感觉。但这并不带来恐惧。可是,狗跟她走在一起,就可能产生矛盾,甚至变得恐怖。狗没有腿。如果它是她的狗,就肯定不会在一场球赛后、在一次愚蠢的打斗中失去腿了。这是事故。一个跛子的狗的职业麻烦。但它如果跟她在一起,也许会因为别的原因失去一条腿。没有腿的狗。有更多原因。更严重。不是因为事故。很难想象那个姑娘会打架。它也许会因为她而失去一条腿。也许,要让这只狗属于这个姑娘并丢掉一条腿,就得由她来砍掉这条腿。否则,有这样一个迷人而友善的卖花姑娘保护、照顾、爱这只狗,它怎么会失去一条腿呢。这个想法很可怕。那个姑娘亲手把我的狗的腿砍掉,这个画面太恐怖了,她目睹这一切,见证这个过程。"最后几句话让人感觉艾伦·马里奥特有点生气,生卖花姑娘的气。他停了下来,仿佛把自己吓着了。"算了,不说了。"

"不,您接着讲。您马上就要虚构出一个故事来了。"

"不了。算了。这不是个好例子。"

"随您。"

艾伦·马里奥特把手插进风衣口袋里，仿佛在宣布自己打算依靠口袋的支撑站起来。

"那么？"

"那么什么？"

"您有兴趣加入吗？"

我将一根手指放在鼻子和嘴唇之间摩挲，有疑虑时，我就会这样。我说：

"我可能有兴趣。您看，您要是同意，咱们这样吧：我现在就给您第一季度的十个英镑，我就在名册上，跟名人在一起了。以后我再告诉您我是否有兴趣。"

"以后是什么时候？您别以为只有名人。"

"很快。这么说吧，就在这期会费的三个月里。"

我一边说着，一边从抽屉里拿出两张五英镑的票子放在茶几上，艾伦·马里奥特定定地看着。我认为他是在盯着钱，他那双透明的眼睛让人参不透。

"规矩不是这样，不过您是外国人，我们在西班牙没有任何会员，在南美也没有。我把我的地址给您。万一您找到梅琴的什么东西，您又已经有了的话。或者您找到了《缰绳和马刺》，还有他为约翰·高兹华斯的《河流之上》写的前言。高兹华斯的书很难找全。我把这些都给您写下来。我会付您钱的,如果不是很贵的话,我最多可以出到二十五英镑,首版。我住得不远。"他在一张皱巴巴的纸上飞快地写下地址并递给我,然后拿起钱放到风衣口袋里。他又把手插进风衣口袋,借力撑着站了起来,同时说道:"您需要一张入会的收据吗?"

"不了,我想没必要。我在名册上了,对吗?"

"您在名册上了。谢谢。我希望您一直在名册上。我不耽误您的时间了。请您原谅我之前没给您打电话。我没有您的号码。家里也没有电话。我想我需要装一台电话——咱们走吧。"最后他对狗说,狗依靠三条腿站了起来,抖擞精神。马里奥特拿起了帽子。

我没有把我的号码给他。他们俩下了楼,我送到门口。我在马德里从未加入任何机构,但短短的几个月里,我因为职务的关系成了牛津会众的成员;我在泰勒院工作,由于外国人的身份,我被挂名在圣安东尼学院;我的系主任艾丹·卡瓦纳心血来潮,又把我挂靠在瓦德汉学院;而现在,我自己报名成了梅琴协会的一员,尽管对它一无所知,连它是干什么的都不知道。我看到他们沿着人行道再次朝圣吉尔斯街走去,在那条宏伟而宽广、仿佛被永恒放逐了的街道上,跌跌撞撞,如同醉汉。快到午饭时分了。关门前,我挥挥手,跟吉卜赛卖花姑娘打了个招呼,她已经在大口吃三明治了。她并不像马里奥特说的那样迷人,笑容很灿烂,牙齿很大,隔着老远也能看到它们跟生菜混在一起。我倒是真能想象她在迪德科特车站或其他什么地方打架的样子,穿着她那件黑色皮夹克,散着一头鬈发,蹬着高筒靴乱踢,像狗一样用那一口大牙啃咬。她名叫简,粗鲁、可爱。我知道她十九岁就结婚了,男人每个周日或节假日都会开着干净时髦的货车把她连同她的货物放在我家对面,之后再接回去。对我来说这个人是隐形的:他从未下车帮助过她。这男人有可能把狗腿砍掉。

回到楼上,我从马里奥特坐过的沙发上捡起啤酒罐、他擦眼泪的纸巾,还有两枝折断了的康乃馨——花上还裹着银色包装纸,他把它们掏出来后忘记带走了。这是我在牛津的第一个学年,在这个三月的周日,我看着这三样东西落入垃圾桶。

如今，我已经不那么留意垃圾桶了，甚至接连几周、几个月都对它视若无睹，或只是很偶然地瞥一眼，就一秒，仿佛不经意间想起什么厌恶或消逝的东西，立刻将其驱散，以防它重现，让它更像是从未存在、从未发生过那样。在我离开牛津后这短短的时间里，很多事情都发生了变化，或者开始，或者不复存在。

现在，我已不再独自生活在国外，我又回到了马德里，而且已经结婚。我有一个儿子，他还很小，不会说话也不会走路，当然也没有记忆，我现在还不能理解他，不知道他是怎么来的，我的意思是，我觉得他很陌生、很奇怪，仿佛与我无关，尽管他跟我们日夜生活在一起，出生以来一分钟也未与我们分离。对他来说，不存在所谓期限，而他母亲、我本人或者克莱尔·贝斯，还有两年半以前、结束牛津生活时的我（也许）都是有期限的。但是，他却仿佛没有期限。不久前，他还什么都不是，现在，他是一个永恒的孩子了。有时我看着这个才几个月大的孩子，记起艾伦·马里奥特的话，不禁问自己，这个孩子需要具备什么才会造成恐怖？或者说，需要什么人的加入，他才能同那个人造成恐怖？我很担心那会是我本人——他的父亲。是他让我造成恐怖。我望着熟睡的他。到现在为止，这是一个完全正常的孩子。他自己不会引发恐惧，正好相反，他的母亲、我，还有所有在马德里认识我们的人，都对他充满保护欲。所有的婴儿都会激起这样的情感，因为他们看上去很脆弱。人们不会去保护引发恐惧的东西，但我也在想，这种恐惧或许正受马里奥特所说的"可怕的另一半"保护，即那些经过我们的联想、联结就会揭示或引发恐惧的东西。就像艾伦·马里奥特举的例子，狗会保护卖花姑娘，卖花姑娘也会保护狗。这个孩子深受他母亲和我喜爱，我是这样认为的（对他母亲来说，他是一位短暂的神祇，注定要在某天失去这一身份），但他有时也让人感到困扰，我想所有初生的孩子在最初的几个月里都是这样。有时，我倒不是希望他消失——绝对不是，那是最不能发生的，除非我们疯了——但的确希望回到没有孩子的境地，做一个生命没有延续的人，一个永远的、单纯的儿子或兄弟，那才是真正的、我们唯一习惯的、从一开始就自然存在的形象。扮演父亲或母亲的角色是时间赋予我们的一项任务,毫无疑问,是时间的职责。它需要我们适应并且专注,是随时间缓缓到来的。我现在还无法理解这个孩子已经在这里、会永远在这里、在我们百年之后也依然会难以置信地存在这个事实,也无法理解自己竟成了他的父亲。今天,我独自外出谈事(和大笔钱财有关。这也是变化之一:现在我挣很多钱,也经手很多钱,尽管我不是财务主管),谈话间居然完全忘记了孩子的存在。我忘记了他的出生、他的名字、他的脸庞、我有责任参与的他短暂的过去。我的意思是,我不是简单地在一段时间内停止想他——这不仅正常,而且对彼此都有好处。我的意思是,这个孩子似乎压根儿不存在了。可我没有忘记我的妻子,于我而言她从没有也永远不会有所谓期限,但克莱尔·贝斯不同,当我第一次将目光投向她(充满了性爱慕——对路易莎我也有同样的欣赏),注视着她那雕刻般轮廓分明的美丽面庞,还有夜色中优雅的领口时,期限就已注定。(我和妻子相识不算久,本可以忘记她,但是我没有。)今天早上,在和那个五十来岁、性格外向的金融人士埃斯特韦斯交谈时(他很开心地称自己为"引擎",说了三四次),孩子更像是从未存在过,而非不再存在。在至少四十五分钟的时间里,"引擎"埃斯特韦斯愉悦了我的听觉,提出了绝妙的建议,我完全忘了自己有孩子,甚至在脑海里和妻子做了许多计划(主要是旅行),仿佛那个还不会走路也不会说话的孩子从未存在过。在不少于四十五分钟的时间里,他的生命被完全从我的脑海中抹去了。他消失了,被废止了。但随后,毫无征兆地,我又记起了他。"孩子。"我想起来了。我不介意记起他——我很高兴——也不介意立刻放弃跟鼓舞人心而热情的"引擎"埃斯特韦斯聊天时急急忙忙做出的计划。我一点儿也不觉得懊恼。可我不安起来,为忘记他而感到内疚。今天,像其他时候那样,我望着熟睡的孩子,再次想到自己是不是那可怕的另一半,或者是不是注定要成为那个可怕的另一半,毕竟他出生没几个月,我竟然就完全忘记了他的存在。这不一定非得是什么征兆,这事儿可能发生在任何人身上,但是遗忘引起怨恨,怨恨造成恐怖。他将来也会忘记我,因为他没有在我的童年和青年时期认识我。不过,我的妻子做了母亲后,相当客观而且冷静。刚才,我问她是否认为这个孩子会永远跟我们生活在一起,只要他还是个孩子或者还很年轻。她正准备睡觉,在脱衣服,上身袒露出来,乳房因哺乳而胀大。

"当然了,看你说的傻话,"她回答,"不跟我们跟谁呢?"她一边说,一边继续把黑色连裤袜脱下来,"只要我们没出事。"

"你是什么意思?"

她几乎一丝不挂,一只手还拿着袜子,另一只手拿着睡衣。她几乎一丝不挂。

"我是说,没发生什么不好的事。"

克莱尔·贝斯的儿子不跟她和她丈夫一起生活。准确地说,他只在放假,在从布里斯托尔的学校回到牛津时,才会跟他们在一起。他之所以待在那儿,是因为他父母早就计划好,要他从十三岁起就去著名且昂贵的克利夫顿学院上学。学校就在布里斯托尔郊外的埃文河畔,他父亲也曾在此读书。他们希望他从小就适应那个地方,适应远离家庭的生活。他的假期比我和他父母的要短得多(牛津的课程分三个学期,每学期八周——米迦勒学期、希拉里学期、三一学期,其他时候,对我这种不兼任行政也几乎没有考试的人来说,都是空闲的)。他放假时,我通常都不在牛津,而是回马德里,或者去法国、威尔士、苏格兰、爱尔兰、英格兰等地旅行。若非迫不得已,我从不在牛津待着——好吧,只有一次,在一切结束的时候。因此,我和克莱尔·贝斯的儿子从未遇见过,这对我来说是最舒服的,对我们的婚外情来说，我认为，也是最合适的。孩子不应该掺和进来。他们什么都问，还多愁善感；他们太大惊小怪，又胆小怕事；他们忍受不了阴暗和模棱两可；他们在哪儿都觉得危险，甚至在没有危险的地方也一样。也正因此，真有危险的地方，哪怕只是有些许混乱或反常，是逃不过他们的眼睛的。一个多世纪以来，人们不再接受成为成年人的教育。恰恰相反，这个时代的成年人——我们，被教育要一直做孩童。我们为体育赛事激动，为任何事争风吃醋，永远生活在一惊一乍中，什么都想要得到。我们恐惧、愤怒。我们成为懦夫。我们关注自我。在我们这些国家里，英国是最不追随这种现代潮流的，就在不久前他们还充满快意地狠狠抽打最年幼的孩子呢，结果就是，那些最易受影响的公民出现了众所周知的（性方面的）反常。不过据克莱尔·贝斯说，布里斯托尔的学校已经不体罚了，所以我猜她儿子埃里克不但不会像虚构或真实的前辈们那样在校园里受苦，反而能在家享受一年中大部分时间都住校的孩子才能拥有的特殊厚待。克莱尔·贝斯虽然大大咧咧，性格张扬，但还算体贴，至少跟我在一起时不太谈论到他。我不认识这孩子，只能把他当成克莱尔过去那段爱情的痕迹或者活生生的见证。旧爱总是会惹恼新欢，无论旧爱消亡得多么彻底。旧爱的恼人程度甚至甚于近在眼前的、真实的冷漠，哪怕后者在实际生活中才叫棘手。不过，克莱尔·贝斯跟我在一起时，只有我主动问起，她才会谈到儿子。

我在牛津的第二年，也是最后一年，在所谓的三一学期（共八周课，在四月、五月和六月间上完）开始时，克莱尔·贝斯在布里斯托尔上学的儿子病了，他们不得不去接他。他在牛津休养了四个星期，在他康复的那段时间里，我几乎完全见不到克莱尔·贝斯了。我说过，我们从未很规律、很持续地见面，但自认识以来，除了假期，我们从未有过超出七天不见面的情况，至少会匆匆见上一面，哪怕是两节课之间混乱的半小时。那四个星期（之后的几个星期可能也好不到哪儿去）是我在牛津度过的最糟糕的日子。我不仅更孤单、更无所事事（最后一个学期，很多课是没有人听的，有些甚至会被取消，好让学生专心备考，让教授准备最魔鬼的问题），而且还很恼火地发现，我过去不时对爱德华·贝斯（对他们过去的爱，之于我无法重复的爱）产生的零星醋意现在更浓了，因为她的儿子埃里克，也因为他的母亲冷落我而去照顾他。是她决定孩子待在牛津时我们不见面的，尽管孩子病情不算严重，只是康复缓慢（第二周起，只要稍加注意就能外出了），但克莱尔·贝斯还是决定弥补他一年里大部分时间都和母亲分离的遗憾。她想趁孩子生病的机会，好好教育他，让他更像个孩子，滋养他的视网膜，为他积累记忆。这是我的猜测。

我每两三天往她的办公室打一次电话（这是她唯一允许的事），借口想了解孩子的病情，实际上只是想说服她在方便时和我匆忙而激烈地再见一次面。我从未这样随叫随到、这样体贴，也从未创造过如此多的便利，但这一切——一次又一次、一天又一天——都被她拒绝了。我也从未这样热忱过（虽然只是口头上）。只要小孩埃里克在家，克莱尔·贝斯就不想分心，不想受到任何来自成年人的干扰。她愿意接我的电话，甚至也打电话告诉我病情，以为或者假装以为我真的为那场感染和那根断裂的骨头担心（我压根儿不记得这孩子怎么了，我几乎没认真听过她的解释）。对我来说，那具需要抗感染或接上伤骨的身体只是个陌生的闯入者。但她不同意见我，如果我们在街上、在泰勒院充满回声的走廊里偶遇，她会比平常在公共场合时更克制、更冷淡地跟我打招呼——一种出于本能的谨慎，然后扬长而去。而我以一个过于南方大陆的姿势转过身，望着她踩在高跟鞋上、肌肉若隐若现的笔直双腿。这时她的腿看上去不再纤弱,动起来也不再显得孩子气了:她没有赤着脚。我不能像电影里的情人那样,情急之下一把抓住她,逼她停下脚步、向她抗议,因为在牛津的街头(更不必说在泰勒院充满回声的走廊里),无论什么时候,都挤满了教授和教员(这座城市已被他们占据,是他们的天下)。这些人借口从一个学院去另一个学院,或者从一栋楼的会议移师至另一栋楼的会议,要么在商店橱窗或剧院的海报(不多,但已足够)前晃荡,要么就展开一些不那么简短的问候与交流(学术性的)。(他们没准儿在监视。)在泰勒院,无论何时,你都能远远听见乔利恩教授激昂到近乎愤怒的声音,如同金属铮铮,那是他在被(仁慈地)放逐至顶层的空间里讲授他那权威的课程。话说回来,我倒也说不上有多绝望。克莱尔·贝斯早已勒令我不得踏入她位于卡特街的办公室,当然也禁止我打电话到她家,就算能百分百确定爱德华不在家也不行。现在,她丈夫在不在家已经无所谓了,反正小孩埃里克总是在的。我对这个孩子简直再厌恶不过了,他突然剥夺了我在那个静止的、封存在糖浆里的地方所能享受到的唯一的爱——脆弱、短暂、没有未来,却是唯一表现出来的爱。但我并未陷入绝望(至少不完全绝望)。

在那个春天漫长的四个星期里，我越来越频繁地在城里游荡，寻找各种稀奇古怪的图书。这种被迫的、刻意的且近乎病态的执着，最终使我的惶惑、我身份的模糊性达到了顶峰。

牛津这座城市，尤其是在人们不得不公认"好天气"的时节（即三一学期）到来时，到处都是乞丐，甚至可以说是挤满了乞丐。整个春天和部分夏天，在这座其他季节本就有不少乞丐的城市，行乞者的数量会疯狂激增，让人感觉和学生的数量不相上下。而学生是乞丐云集的主要原因，这些乞丐形成了一支真正的（无组织无纪律的）占领军。春天来临时（实际上是人潮宣布春天到来了），英格兰、威尔士、苏格兰甚至爱尔兰的乞丐便纷纷离开各自的避难所或冬季大本营，开始向牛津城朝圣或进军。这是因为牛津是个富有的城市——富有极了，有两三处慈善机构或者收容所，每天都会提供餐食，不怎么夜游的人有时还能有张床躺躺；更主要的是，这里的绝大多数居民都有颗年轻而天真的心。当气候把石板路或柏油路变得可以当床（更确切地说，是长椅）睡时，这些英国乞丐便会入侵南部最繁华的城市。他们阴郁、凶狠，总是一副酩酊大醉的样子。他们跟我们南方国家的、所谓庄重的穷人完全不同。我们国家的这群人尚且保留了一点儿（仅剩的一点儿）这样的意识：甭管有多认为大家应该给钱，还是得乞求大家给钱。然而，我从没见过英国和爱尔兰的乞丐表现出乞求，当然这并不意味着他们不要求得到什么。他们不言不语，不按照几个世纪以来约定俗成的方式行事，不提自己的任务和意义，而是理所当然地认为，他们的态度和外表（当然是凄惨贫穷的样子）已经自然而然地代替了伸手索要的动作和众所周知的乞讨语言。他们从不讲述自己的处境，也不会讲什么故事；他们不懂言辞。他们基本是无声动物，只会嗟呀惊叹。我认为，他们有一点儿懒惰，有一点儿骄傲，有一点儿无聊，还有一点儿宿命论。他们不乞讨，因为乞讨者无法兼具他们特有的那种得意、厌倦、好斗和粗野的品格，而这些才是真正的他们——除非乞讨是虚假的，是为真正的抢劫做掩饰的第一步。他们不低三下四，也没有狡黠之态。他们对此毫无兴趣。对于洁净，他们没有一丝哪怕是装出来的兴趣，目光迷失在乌黑的眼圈里，胡子长长的，散着史前人类般的乱发，衣服千疮百孔、破破烂烂（但每个人都穿着夹克或大衣，几乎没人穿冲锋衣、运动服或其他这类服装）。这个群体里，什么年龄段的人都有，所有人都不知疲倦。没有人喜欢静静地待在一个地方。他们挥舞着手中的啤酒、杜松子酒或威士忌酒四处游荡，早就忘了水为何物，只会在一个地方停留足够坐着喝完一瓶酒的时间，或在无休止的行走后精疲力竭地倒下。牛津的乞丐们似乎被某种游走的狂怒或热病所支配，一天下来能大步流星地绕着城市转上好几圈，一边走一边骂骂咧咧，对着路人做出威胁或下流的手势，嘴里咕哝着各种侮辱、亵渎和诅咒的话。迎面碰上时，谁也听不清他们说的是什么。他们四处游走，是牛津的所有居民中唯一不知道去往何处的人。他们会在灰红相间的大街上一圈又一圈地打转，无论大雨倾盆还是乌云低垂。时不时地，他们中的某一人会在桥上停下来，对着伊希斯河呕吐；或在哪家酒馆前逗留，指望着哪位匆忙的客人（出来透口气喝酒的人）会留下一大瓶没喝完的酒，好让他们脏兮兮的手够着。除此之外他们从不停歇，是真正的流浪之徒。不过，有少数人——姑且这么说吧——除了经营穷困潦倒的外表外，还有别的营生。他们倾向于待在同一个地方，即使游荡也总会拖着什么东西（他们的谋生工具）。他们往往会弹奏乐器、拥有聪明的动物、能笨拙地表演杂耍、会哼民谣或者会算命（这一类人极少，因为几乎没有顾客，也没人对未来感兴趣）。这些活跃的乞丐是最富有的，因此也是囊中羞涩的同行们最嫉恨的。我曾在某天黄昏目睹两个最凶狠、最好游荡的乞丐（全都胡子拉碴）扑向一个身材矮小的老人。那个老人外表整洁而平和，能用风琴——据说是他从利物浦港口的大火中抢救出来的——演奏马德里舞曲，所以我常常给他一些硬币。每次走过谷物市场大街，远远听到那欢快的风琴舞曲，我总是不由得笑出声来，就好像在某个周六偶遇了西班牙来的游客——我的同胞们喧闹活泼，在国外总是习惯拍手（掌声很清脆）。每当听到琴声，就算不顺路，我也会凑到风琴前，把身上的零钱都给他。前面说了，那天傍晚，看到两个穷凶极恶的胡子男踢打老人和他的马德里风琴，我恐惧而愤怒地奔过去，用西班牙语破口大骂。也许是因为这门奇怪的语言高亢而响亮，适合骂人（我想是"culo"[①]这个词震慑住了他们），他们没等我走近、好顺带把我也（毫不仁慈地）揍一顿，就狼狈地逃走了。通常情况下，挨揍才是等着我的命运，因为我既不强壮也不怎么勇敢。好在风琴和老人都没有受到不可挽回的伤害，几分钟后，我看到他们一摇一晃地消失在圣阿尔达特街上。天渐渐暗下来，一片血红，我气喘吁吁。

---

① 西班牙语，意为"屁股"。

但有一件事情,也许我确乎有勇气和力量去做,那就是承认并意识到自己越来越像他们——乞丐,尽管牛津乞丐的头号敌人正是牛津的教授或者先生,他们与学生相反,拥有苍老而世故的心,会用鞭子般挥舞的长袍厉声驱赶他们。那时我是牛津的先生,我想我的样子也最像牛津的先生,而不是其他任何角色,因此那些流浪汉投向我的眼神的的确确充满敌意。但我只是个暂时的先生,身份意识还很淡薄,先生们特有的习惯也暂未深入我心,比如以精湛的技巧驱赶流浪汉并发出训练有素的呵斥声。至于我的学识教养,也不构成什么障碍,我依然感到自己与他们极度相似,因为英国有许多博学的乞丐。在这里,落入乞讨的境地未必是因为出身贫寒、生意惨败或者无知透顶,而是因为酗酒、失业、心灰意冷、嗜赌或遭遇心理问题——通常并不严重,而国家对此选择视而不见。约翰·莫利诺曾是著名的圣马丁室内乐团的小提琴独奏家,在过去五年多里,他在世界各地巡演(享尽荣誉且排场十足),前途璀璨,如今却是泰晤士河畔一个无名的酗酒乞丐。他只喝酒,不再拉琴,憎恨五线谱。缪教授(一位天主教徒)则是无可救药的精神失常者。他长年在牛津街头游荡,挥舞酒瓶、破口大骂、胡言乱语、信口开河,遇到老同事和下属时就咒骂他们（他们也不知道是该打个响指赶走他，还是依然把他当作教授来对待）。可当年，他留下了重要的神学著作、登上了学术巅峰，甚至还在教皇本人主持的教会文化委员会任职多年。这两个人（小提琴家和神学家，不是教皇）都酗酒且精神失常，后来被各自的工作单位驱逐。好了，那我呢，在牛津第二学年的三一学期那几周，也在四处游荡，更准确地说，一天中的绝大多数时候，我都从一家书店逛到另一家。确实，在我的游荡中，我一次又一次遇到同样乖戾的面孔、同样破烂而恶臭难当的衣服、同样的熏天酒气，还有同样几乎不开口的嘴里发出的震天动地的响嗝。像我一样在城中游荡的人，只有这些最暴烈、最绝望、最消沉也最醉醺醺的乞丐，其中不乏小提琴家莫利诺、神学家缪教授这样陨落的艺术与科学界人才。牛津城，或者说它的老城区并不大，很容易在一天内两三次遇见同一个人。想想，如果你和那个人每天都在街上晃荡，毫无方向、缘由、目的，甚至压根儿没意识到自己在走来走去，那么相遇会有多容易。一些脸孔和服饰已经让我熟悉得不能再熟悉。"又是那个满口黑牙、鼻骨骨折、红胡子的家伙。"第无数次跟他打照面后，我心里想。"戴着无花果绿露指手套的乞丐在那儿。""那个没牙的女人连微笑也是空洞的，她过去没准儿是个美人，因为她现在走路的样子正像六十年代那些知道自己有多美的女人。""那个苏格兰人就算戴着赛马帽，也看得出来是个秃子。他诅咒上帝和圣母时，那么夸张地发 r 这个音。""那个文了身的年轻黑人，右边的裤腿几乎破到大腿根了。""那个激情澎湃、头发蓬乱的老头，活像让 – 奥诺雷·弗拉戈纳尔画中的哲学家。"我开始担心，他们同样也能逐渐认出我并将我视为同类，尽管我不是乞丐，言谈和衣着都跟他们不同；而且毫无疑问，我就算没穿长袍，也仍拥有一个穿长袍的人的神气。可他们会发现，我一次又一次地出现在他们机械的、漫无目的游荡路线上。就这样，一天又一天，一周、两周、三周、四周，我就像一头家养动物，被生病的孩子埃里克赶到大街上，找不着路。

某种意义上，我感到自己成了流浪汉的一员，我也担心有一天在西班牙，在英国，在命运或兴趣带我去到的世上任何一个地方，我都会是他们中的一员。尽管这看似只是一闪而过的妄想，但我必须强调，仅凭在牛津城里的寻常游荡和无所事事，我的惶惑还没有强烈到足以滋生这些恐惧、幻想、幻觉或身份认同。还有别的什么东西——尽管也很微弱——在滋养那种不祥的恐惧、阴郁的幻想、阴森的幻觉或模糊的身份认同。

自从一年多以前艾伦·马里奥特初次造访，我就把约翰·高兹华斯列入我搜寻冷门书籍的作家名单，此前我对他一无所知，是马里奥特在告辞前提到这个名字并把它写了下来。梅琴曾为他的书写过前言。正如艾伦·马里奥特所说，他的书很难找。英国如今已不再出版他寥寥无几的作品中的任何一部，但渐渐地，凭借耐心、运气和日益敏锐的猎人眼光，我先后在牛津和伦敦的旧书店里找到了他的一些短篇作品，几个月后还找到了他一九三二年出版的《死水》，上面还有他的亲笔签名"John Gawsworth, written aged 19½"，即"约翰·高兹华斯，写于十九岁半"。一打开书就能看见这行钢笔字，正文第一页还有一处他亲笔做的修改（他在"弗兰肯斯坦"后面加上了"怪物"一词，表明他指的是造物而非造物者）。手持这些东西时，给人一种眩晕或被时间拒绝的感觉，仿佛他的过去还没有销声匿迹，这恰恰燃起了我的好奇。从那时起我便开始研究他，但很多个月都毫无收获。这位习惯以"高兹华斯"署名、真名为"特伦斯·伊恩·费通·阿姆斯特朗"的作家，其身影在当时和现在都飘忽难觅。

他的作品算得上还行或者说奇特，仅此而已，所以被彻底遗忘或不再出版也情有可原。但随着我渐渐发掘出一些零碎的资料（似乎没有一本关于高兹华斯的书，文章也一样，连最浩繁的词典和文学百科也几乎不提及他），我的兴趣日益浓厚，与其说是因为他中规中矩的作品，不如说是因为他这个人的不同寻常。我首先查到了他的生卒年份——一九一二年至一九七〇年，接着在一页沉默的文献目录中发现，他曾以其他笔名（一个比一个荒诞）在突尼斯、开罗、塞提夫（阿尔及利亚）、加尔各答和瓦斯托（意大利)等对伦敦作家来说匪夷所思的地方出版过多部作品。一九四三年到一九四五年间,他的诗歌被汇编成六卷(大部分都带有印度色彩),奇怪的是第四卷连标题都有了(《再见了,青春》),却从未问世——压根儿没存在过。他的散文(主要是短小的随笔和恐怖故事)散见于二十世纪三十年代古怪晦涩的文集中,以私人或限量版的形式面世。

然而,在三十年代,高兹华斯绝对是文坛的风云人物和新星。作为反对艾略特、奥登等革新派的新伊丽莎白诗歌运动的积极推动者,他在年少时便与那个时代最著名的作家们往来甚至建立了友谊;他对著名先锋派画家温德姆·刘易斯很感兴趣,也对声名显赫的T.E.劳伦斯(或者说"阿拉伯的劳伦斯")颇有研究;他得到过各种文学奖项,是英国皇家文学会最年轻的会员;他见过垂暮之年的叶芝和弥留之际的哈代;他曾是梅琴、著名性心理学家霭理士、波伊斯三兄弟的学生,还是红极一时(如今某种程度上再次受到关注)的小说家、短篇故事家M.P.希尔的门生,后来他又成为他们的庇护者。我几乎没有更多发现了,直到又在一部恐怖幻想文学词典里找到了一些信息。一九四七年,老师希尔去世,高兹华斯被指定为他的文学遗产执行人,还继承了雷东达王国的王位。那是安的列斯群岛的一个小岛，一八八〇年，十五岁的希尔（出生于邻近的更大的蒙特塞拉特岛）在一场海军庆典仪式上被加冕为雷东达国王，这是他父亲、前任统治者的明确旨意。他父亲是当地一位卫理公会牧师兼船主，多年前买下了雷东达岛，但不知道是从谁手中买的，因为那时岛上仅有的居民是栖息于此的鲣鸟和十来个靠捡鸟粪做肥料谋生的人。高兹华斯从未真正拥有过这个王国，因为英国政府垂涎岛上出产的磷酸铝，为防止美国抢先行动，决定将其吞并。希尔父子和高兹华斯曾就此事不懈地跟殖民地部门抗争。尽管从未拥有过这个王国，高兹华斯还是在一些作品中以"胡安一世，雷东达国王"（流亡中的国王）署名，并授予多位欣赏的作家和朋友爵位或海军上将的头衔，包括老师梅琴（实则是确认其头衔）、狄兰·托马斯（圭诺公爵）、亨利·米勒（图阿纳公爵）、丽贝卡·韦斯特和劳伦斯·达雷尔（小塞万提斯公爵）。关于上述内容和我后来的发现，词典并没有给出具体的解释，它是这么结尾的："高兹华斯虽然交游甚广，最终还是成为时代的弃儿。他在意大利度过晚年，后返回伦敦，靠慈善救济为生，睡在公园的长椅上，最终身无分文、被人遗忘，死在一家医院里。"

这位名誉加身、一度封王的人物——一九三二年的一天，他带着毋庸置疑的青春的热情与骄傲，在我手中这本《死水》上签下自己的名字——竟落得这般结局。尽管有许多更出色的作家和人物与他命运相仿，我还是深受震动，甚至比听到小提琴家莫利诺、神学家缪教授的故事时还唏嘘。我不禁疑惑：从他对文学和社会充满热忱的青年时期，到变得不合时宜、穷困潦倒的晚年，这其中究竟发生了什么；在他周游世界，无论身在何处都不停地写作、出版的岁月里，在此期间，或许发生了什么。为什么是突尼斯、开罗、阿尔及利亚、加尔各答和意大利？仅仅因为战争吗，还是因为某段隐秘的、不曾被记录的外交生涯？为什么一九五四年以后——距他悲剧的死亡还有十六年——他没有任何作品问世？要知道，在寻找出版商是一种英勇的或自杀式行为的时空里，他都曾坚持出版啊。他的至少两任妻子怎么样了？为什么五十八岁的他会落得这样的结局：一个一无是处的老头，最终以牛津乞丐之姿死去？

阿拉巴斯特夫妇学识渊博且细致谨慎，却没帮我找到他的任何作品，对他也没有更多了解。不过他们知道，几千公里之外，在美国田纳西州的纳什维尔，有一个人几乎掌握着世上关于高兹华斯的所有信息。出于一种奇怪的、没来由的恐惧，我迟迟没给那个人写信。当我终于寄出这封信后，那个人让我阅读劳伦斯·达雷尔的一篇关于高兹华斯的短文——原来高兹华斯是其文学上的引路人，也是他青年时代的挚友。那个人还给我提供了其他信息：高兹华斯有过三位妻子，至少两位已经离世。他嗜酒如命，爱好是——我怀着一丝忧虑和恐惧读到这里——病态地寻找和收藏书籍。"病态"，纳什维尔的那个人毫不犹疑地给出了这个评价。

在达雷尔的文字中，高兹华斯（或者说阿姆斯特朗）被描述为一个找寻稀世珍宝的行家和天赋异禀的猎手，拥有卓越的藏书家的眼光，以及更神奇的对于图书信息的记忆力。初入行时，他常常一大早就在查令十字街的露天特价书箱里慧眼识珠地挑出稀有而珍贵的版本，花三便士买下，转手就以数英镑的价格卖给几步之遥的考文特花园罗塔书店或塞西尔小巷的某位精明书商。除了那些珍贵的书籍（被他视如珍宝），他还拥有许多仰慕的名家的手稿、亲笔信和各色名人遗物，都是他不知花费多少钱、频频参加拍卖会得来的：狄更斯的四角帽、萨克雷的钢笔、汉密尔顿夫人的戒指、希尔的骨灰。与此同时，他将大量精力耗费在向英国皇家文学会等机构争取津贴和资助上，以文学和经济状况的对比不胜其烦地纠缠那些资历最老的成员，只为帮助那些穷困潦倒或风光过后破产的老作家——梅琴和希尔两位大师都曾是其受益者。但是，达雷尔也提到，最后一次见到高兹华斯是在六年前的伦敦沙夫茨伯里大道（这篇文章写于一九六二年，那时高兹华斯还在世，刚五十岁，也就是说，达雷尔在他四十四岁时见过他。但令人纳闷的是，达雷尔明明与他同龄，谈起他时却仿佛他已经或者即将死去）。高兹华斯当时正推着婴儿车——一辆巨大的维多利亚式婴儿车。达雷尔早年刚从伯恩茅斯来到此地时，正是这个怪诞不羁的人、这位"真正的作家"用自己的知识点亮了他，带他领略了文学的世界与夜晚的伦敦。看到高兹华斯这副模样，达雷尔心想，他终于走入了生活的中心，接受了生活的担子（原话是，生活终于追上了他），有了孩子——从那辆车不寻常的尺寸推测，应该是三对双胞胎。达雷尔以为会在车篷下看到小高兹华斯、小阿姆斯特朗或雷东达王子，但凑近一看，他释然了，他发现车里只有一堆空啤酒瓶——高兹华斯正打算拿它们换钱，好换来些满瓶的新酒。小塞万提斯公爵（这是达雷尔的头衔）陪着这位从未统治过自己王国的流亡的国王，看着他用新酒填满婴儿车，然后与他共饮一杯，以此纪念托马斯·布朗、克里斯托弗·马洛或那天诞辰的某位经典作家。之后，他看着他推着装满酒瓶的车子,平静地消失在黑暗中。也许我在马德里丽池公园的黄昏中推着我的婴儿车时,也是这样吧,只不过我的车里是我的孩子——刚出生不久的孩子,那个我还不太了解,却注定要活得比我们长久的孩子。

后来,我见到了一张高兹华斯的照片。从照片来看,与达雷尔对他的相貌描述相吻合:"……中等身材,略显苍白瘦削;鼻子上有道裂痕,这给他平添了一丝维庸①式的狡黠。他有栗色的明亮眼睛。他的幽默感并未因为他文学才能的捉襟见肘而受损。"在这张唯一能见到的照片上,他身穿英国皇家空军的制服,唇间叼着一根尚未点燃的香烟,衬衫的领口略显肥大,领结又似乎系得过紧——尽管那个年代流行紧束的领结。他佩戴着勋章。额上横着几道清晰的皱纹,眼睛下面并非黑眼圈而是细纹,眼中交织着或狡黠、或快活、或神往、或思念的复杂情绪。这是张慷慨的面庞。目光清澈。耳朵引人注目,仿佛在倾听。他一定是在开罗,无疑是中东地区——哦,也许不是,那就是在北非,在法属柏柏尔地区。拍照的时间大概是一九四一

---

① 弗朗索瓦·维庸(约 1431—约 1474),法国诗人。他一生狂放不羁,曾因斗殴、盗窃等被指控。其作品一扫贵族骑士抒情诗的典雅趣味,贴近市民生活,集讽刺、抒情、哀伤和机趣于一体。

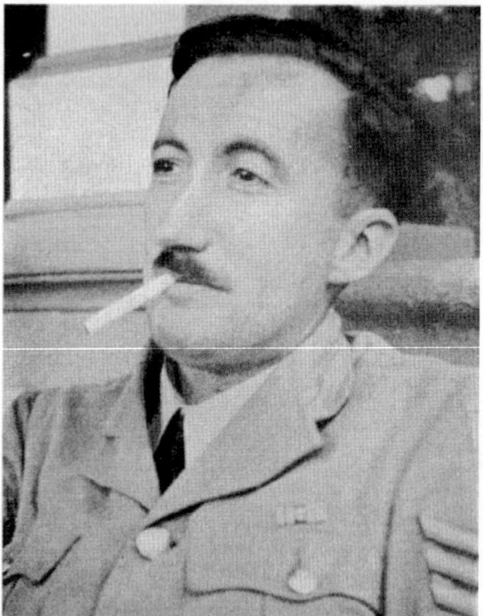

年，要么就是四二、四三年，也可能是他从喷火式战斗机队调至第八沙漠空军之前不久。那支烟撑不了多久。他当时大概三十岁，尽管看起来更年长一些。我知道他已经死了，所以我在照片上看到的是一个死人的脸。他多少让我想起了克罗默－布莱克。不同的是，克罗默的头发早早变白了，小胡子呢，他会让它尽情生长，过上几周没有胡子的生活，之后再刮掉；他的胡子也是白的，或至少夹带银丝。而高兹华斯的胡子和头发都是深色的。他们目光中的讽刺很相似，但是高兹华斯的眼神更和善，没有一丝讽刺或愤怒的痕迹，甚至没有预示或隐含这种情绪的可能。他的军装没熨好。

我还见到了他遗容面具的照片。为他做这张面具时，他刚向岁月妥协，但在此之前他还是个五十八岁的男子。面具由休·奥拉夫·德韦特在一九七〇年九月二十三日制作，就在他于出生地伦敦肯辛顿逝世的当天或次日。他在开罗的老朋友约翰·沃勒爵士把面具捐给了诗歌协会。但种种对他的关注都发生在他死后，或者说来得太晚。他曾是约翰·高兹华斯、特伦斯·伊恩·费通·阿姆斯特朗、奥菲厄斯·司宽诺，是雷东达国王胡安一世，有时也简称费通·阿姆斯特朗、J.G.，甚至就是字母 G。现在，他双眼紧闭，再无任何目光。细纹已完全变成黑眼圈,额上纹路杂乱(头骨微微隆起)。睫毛似乎更浓密了,也许是眼睑闭上的缘故。头发显得花白(也可能是石膏材质所致),发际线与四十年代或者说他的青春尾声之际(即对抗非洲军团的战争时期)相比后移了一些。他的胡须看起来更浓密了,但也更松弛,既硬挺扎人又萎靡无力,像极了厌倦打理的退役军人的胡子。他的鼻子变大、变宽了,面颊松垮下垂,整张脸浮肿着,仿佛因虚胖而沮丧。他有了双下巴。毋庸置疑,他已经死了。

在伦敦的街头游荡时,他也许就带着这副末日的面孔,裹着乞丐总能弄到的那种大衣或夹克。他挥舞酒瓶,向同类们指点查令十字街上甩卖的那些本属于他的书。不可思议的是,他买不起自己的书了。他会给他们讲突尼斯和阿尔及利亚、意大利和埃及还有印度的故事。他说自己被加冕为雷东达国王,逗得人们哈哈大笑。正如那部恐怖幻想文学词典所述,他带着这副面孔,睡在公园的长椅上,又这样走进医院。也许他没有能力伸出自己曾握笔写作、驾驶飞机的手,就像英国的乞丐一样,骄傲而暴躁,蛮横又孤僻,不可一世,咄咄逼人,不懂得为自己乞求。不用说,他是个醉汉。在生命的最后阶段,他并没有在意大利待太

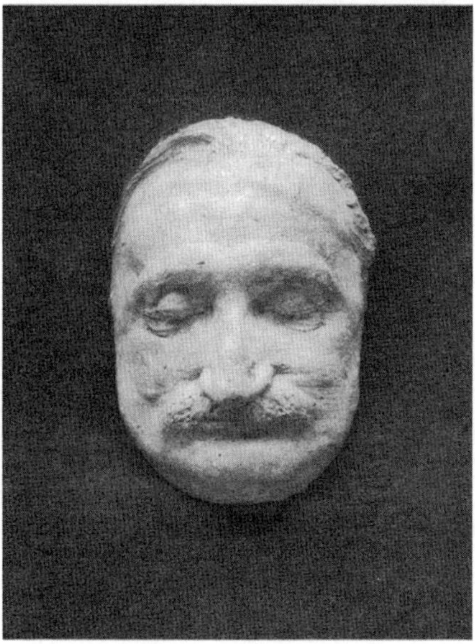

多年，而只是在阿布鲁佐和瓦斯托住过几周，为着我一无所知的最后一次胡闹。"最后一次胡闹"，纳什维尔那个我再也没联系过的人在信中如是说。没有任何一个高兹华斯能够拯救高兹华斯。没有一个满怀热忱的文学新秀试图让他恢复理智，逼迫他重新提笔写作（也许因为他的作品不受赏识，没人希望他写下去），替他向英国皇家文学会申请退休金，尽管他曾是这个协会的一员，而且是最年轻的一员。在他曾拥有过的无数女人中，没有一个制止他的胡言乱语，或者陪着他胡言乱语。那些来自岛屿或殖民地的女人们，如今在哪里生活或长眠？如今，他的书散落在哪里？曾经，在杂乱无章、尘土飞扬的书架迷宫中，他一眼就能认出那些书，正如我、阿拉巴斯特和众多牛津、伦敦的书商一样。（我也曾戴着手套，灵巧的手指比目光还迅疾地掠过书脊，如同钢琴家弹奏滑音。我总能找到要找的东西，甚至常常觉得是书在找我，是书发现了我。）也许那些书只是暂时现身，如今又回到大多数书籍终将重返的世界——那个耐心而沉默的旧书世界。也许除《死水》以外，我拥有的某些书也曾经过高兹华斯之手，被他买下又立即卖掉，好换一顿早饭、一瓶酒；或者被他选中，常年待在他的书房；又或者陪他去了阿尔及利亚、埃及、突尼斯、意大利甚至印度，见证过战火。也许我每天一次又一次在牛津遇见、认出并恐惧的任何一个可怖的乞丐——在一闪而过的妄想中，我从他们身上照见自己的未来（兴许不至于）——都曾拥有过书籍。也许这些乞丐还写过书，或在牛津任教，或曾有一位母亲般的情人——起初很黏人，而后变得疏离冷漠（当她更像母亲时）；又或者来自某个南方国度，带着一架风琴，却在抵达时弄丢了（也许是在利物浦港下船的时候）。这架琴勾画出了他的命运——那时他还没忘记，一个人并不总是能够回到自己的国家的。

我过去、现在提出这些问题，不是出于对高兹华斯的同情，毕竟，这只是一个虚假的名字，人我也不认识。除了他生前与死后的照片，我能够看到的唯一与之有关的东西就是他的文章，但也未能引起我太多共鸣。我这样做只是因为某种沾染迷信的好奇，在那个春天或三一学期的午后，我深信自己终将走向与他完全相同的命运。

对本就焦虑的人来说，英国的春天格外煎熬。众所周知，这里的白昼异常漫长——与马德里或巴塞罗那入夏时的昼长不同，在马德里，白日虽也漫长，但光线会逐渐变化，让人确信时间是在前进的；而在英国以及更往北的地区，好几个小时里，一切都毫无变化。在牛津，从下午五点半开始，天光就一成不变，所有可见的活动都停止了。商店打烊，教授和学生都回家了，你不得不注意到这一点。直到九点过后，终于，太阳骤然西沉，仿佛开关被切断一般，只有远处还残留一抹幽灵似的光。这时，夜游者们便迫不及待地涌向大街了。如前所述，这种一成不变的光线，加强了这个地方的静止感或者说稳定感，让人感觉自己也停滞了，更加处于世界及一切流动的事物之外。在那静止的几个小时里，如果不在日光下吃晚饭（当然，这只是我的情况），就没有任何事情可做。无尽的等待。连书店这样使人振奋、受益、感到安全的地方都关门了。人们待在家里看电视或听收音机，等待着渴望的夜晚快快降临，等待空中那一抹持久温和的光消失，等待世界微弱的轮盘再次转动，等待寂静终结。阳光停滞的时候，教授们在寓所里休息、在高桌前吃晚餐；学生们闭门备考，或做好准备，一旦确认夜幕降临便出门狂欢。在牛津的春日午后，在那漫长而凝固的时间里，这座城市比任何时候都更属于我们这个时代的高兹华斯。在这里，当漫长而虚幻的黄昏持续并成为永恒，只有不计其数的钟声——象征着宗教传统——敢于在此时肆无忌惮地敲响晚祷的旋律。午后的时光占领了城市。乞丐们不回家，不去学院，也不会受邀参加任何高桌晚宴。我想，即便是被教堂召唤，他们也不会前往。他们依然毫无目的地游荡，但看到白昼的街道空空荡荡，他们会不知所措，放慢脚步，甚至会停下踢一脚空酒瓶，或踩住被风吹起的报纸，以此杀掉更多从他们醒来就一直在杀个不停的时间。

我总是躲在家中等待夜幕降临。每逢周三,就搜寻转播皇家马德里国际赛事的西班牙电台听听。我总忍不住想抓起电话,拨通克莱尔·贝斯家的号码。她肯定在家,坐在小孩埃里克的床尾,喂他吃晚饭,陪他看电视上的儿童节目,或是用新游戏逗他开心。每天下午,这种诱惑都来势汹汹,为了不立刻坠入其中,并抵御毫无生气、一成不变的日光,有时我会再刮一次胡子,收拾齐整出门去,就像那些最活跃、最放浪的学生和教授一样,好在夜幕降临时混入人群。有些夜晚,我在舒适宜人的布朗餐厅吃饭,它离我那金字塔形的家很近,服务员都穿着超短裙,格外迷人。还有些夜晚,我会去城里众多的法国餐厅之一,让自己有身处大陆而非岛屿的错觉。我甚至强迫自己时不时地参加难以忍受的高桌晚宴——自抵达牛津几个月后,我已经有一年半多的时间没去了。我尝遍了各学院的晚宴,有的早已熟悉,有的初次造访,心中还怀有一丝期望——或许能在东道主当中(比如万灵学院、她丈夫所在的埃克塞特学院)或宾客之中(比如基布尔学院、奥利尔学院、贝利奥尔学院、彭布罗克学院、基督教堂学院,一个比一个让人厌烦:基督教堂学院的晚宴是最丰盛也最让人哈欠连天的),再次遇见克莱尔·贝斯。但这太费力气了,既无法让我摆脱麻木,也不足以让我对抗那悬停在空中的日头,更驱散不了我脑海中有关高兹华斯及其命运的执念。

那几个星期里,我开始在八点半或九点后出入阿波罗剧院旁边的迪厅。通常,它的常客是牛津的工人和商人们(牛津与剑桥不同,有工业、工人和大学之外的各种阶层),而不是此地的主流人群——我所属的穿长袍的人。我说"通常",是因为我有过意外的发现。每晚在那里,我都仿佛置身于七十年代(是英国对世界来说无足轻重的七十年代)。一切都充满乡土和市井气息,从刺耳的音乐(倒是家正儿八经的迪厅)到阿拉伯风情的装潢,从舞池的灯光(绿色和粉色)到舞者的服饰,都对那个时代描摹得精确过了头。然而,从舞厅总是爆满来看,它非常成功,天知道从午后哪个明晃晃的时刻起这里就已人满为患。我记得,穿着超短裙、烫着鬈发的胖姑娘多得不可思议:有的桌子完全被这些体态丰盈的姑娘(所谓的"恬不知耻的胖女人")占据,她们六七人挤作一堆,都嚼着口香糖,不停地你推我搡,身子因为体重而深陷在沙发里,还毫不羞耻地展示着成排的肥硕大腿(不断相互摩擦),甚至露出内裤的一角。除此之外,就是来自牛津郡(班伯里、查尔伯里、威特尼和恩舍姆等本地小镇）的花花公子们，高调炫耀着英格兰南部才有的低俗而浮夸的品位。很显然，这些土气而带有脂粉气的年轻人讨厌"恬不知耻的胖女人"，而她们也憎恶这些矫揉造作的乡巴佬。两者从不来往，如果在洗手间排队或在混乱的舞池里碰上，就会给对方投去轻蔑（男方）或讥讽（女方）的一瞥，并心照不宣地转头看向桌子或吧台边的同伴，夸张地晃动或瘦或胖的拇指，毫不掩饰地对可笑的对手指指点点。这家阿拉伯风情的迪厅主要被以上两类人占领，但顾客中也不乏学生（尤其是那些最文雅的学生，他们对市井趣味最没抵抗力），甚至还有装扮成年轻人的（单身）教授。大多数人我都只是面熟，远不到必须在这样的地方打招呼的程度。但第四次去迪厅的时候，我竟然遇到了我的上司——成功的恐怖小说家艾丹·卡瓦纳，当时他正在舞池里以惊人的柔韧性和错乱的节奏热舞。一开始我很惊慌——这里的色彩走了样，在人潮中让人看不清——以为他把平日朴素的着装换成了尼罗河绿的背心，而里面什么也没穿。但我很快松了口气（只是半口气）：光着的只是胳膊，虽然一直裸露到肩膀。也就是说，在他那件尼罗河绿的背心下，照常有领带也有衬衫（分别是杏色和绿色的），只是这件衬衫古怪得似乎只有前襟。我好奇他会不会也穿着这件衣服到系里,暗下决心,下次在泰勒院见到他时,一定要好好看看他的外套下有没有袖子露出来。(毕竟,他除了是一位用笔名写作的恐怖小说家,还是我们"黄金世纪"①研究领域蜚声国际的专家。)话说回来,他这副迪厅打扮让我发现他(上肢)毛发很重,腋毛浓密——他舞姿狂放,但狭小的空间让他不得不时刻举着胳膊——我没别的办法,只能看着这一切。他老远就瞅见了我,不仅没有脸红或躲闪,反而一路跳着来到我的吧台前,快活而热情地打招呼。他牵着(高举着)一个摇摇晃晃的胖姑娘的手,姑娘一路小碎步推搡着向前,脸上始终挂着微笑。卡瓦纳不得不扯着嗓子才能让人听见他的声音,因此嘴里蹦出来的都是短句,跟艾伦·马里奥特一样。

"真没想到!竟然在这儿见到你。我以为你不喜欢这种地方!你几乎过了两个学年才来!"他在我眼前晃着两根手指,"这个破地儿是最好的!城里唯一有意思的地方!"他又转身望向舞池,眼中满是真诚的赞许和满足:那舞池活像歌剧暴乱的现场。"我几乎每晚都来!只要能来,每天晚上都来!这儿的所有人我都认识!"他裸露到肩的强壮

---

① 西班牙文学的巅峰时期,从 16 世纪初延续至 17 世纪,涵盖文艺复兴、巴洛克时期等近两个世纪的文学,涌现了塞万提斯、贡戈拉等大师。

胳膊一挥,仿佛要把整个舞场囊括其中,并长长地喝了口酒。"你想认识什么人吗?随便谁,我都能给你介绍!你好好看看!看看你身边!如果你遇到什么想认识的人,告诉我!我来给你介绍,真的!几十个女孩子,"他压低声音,"几十个。啊,让我给你介绍杰西!杰西!"他犹豫了一下,"这是我的朋友埃米利奥!他也是西班牙人!"

"什么?"

"埃米利奥!"卡瓦纳用手指指了指我,几乎要戳到我的眼睛了,"我的另一个西班牙朋友!"

"Buona sera!"[①] 杰西的声音高过了喧闹声。

"Ciao!"[②] 为了不让她失望,我回答道。她是个爱笑的姑娘。

"最好不要让她们知道咱们的真名,"卡瓦纳用西班牙语在我耳边说,"没危险的,她们只在晚上来牛津。她以为我在汽车厂工作呢。我答应送她一辆阿斯顿·马丁。"

"这牌子还在生产吗?"

"我不知道,但是她接受了。"现在他换成英语了,"跟我们一起过去吧!大家都坐同一桌!几十个姑娘,"他小声

---

① 意大利语,意为"晚上好"。
② 意大利语,既可表示"你好",也可表示"再见"。

说道,"几十个。德尔·迪埃斯特罗也在。他今天刚到!"

卡瓦纳抓住我的胳膊,拖着我跌跌撞撞地舞向一张胖姑娘们围坐的桌子——过去三晚,我始终对这类人保持克制,还和牛津郡乡下那些老土又脂粉气的年轻人一样,对她们嗤之以鼻。(杰西跟在我们身后,一路踩着自己的脚,还推推搡搡。)果不其然,和她们在一起的,正是著名的德尔·迪埃斯特罗教授。据他本人说,他是当今世界上最资深、最年轻的塞万提斯研究专家,在马德里难免被人们(根据反感程度)冠以"专家迪埃斯特罗"或"砖家迪埃斯特罗"的称号。他受我系邀请,第二天要给我们做一场首屈一指、掘地三尺的讲座。此前我见过他的照片,这位教授是个杰出人士,四十几岁,神情倨傲,穿着费雷衬衫,有着光可鉴人的美丽秃头("好一位杰出的西班牙教授!"——见到他我暗自惊叹,同时也明白他为什么这么成功了)。他已经在主动亲吻一个最胖的姑娘,或者说是被她亲个没完。不得不说,这些胖姑娘,还有那些乡村公子、单身教授和最文雅的学生,都是一个样(当然,我本人也一样,但那个时候我没怎么意识到这一点,更不愿承认),唯一急吼吼想做的事就是跟陌生人搭讪——考虑到这里客源很稳定,来来回回就是同一拨人,可不是件容易的事。大家主要的目的就是问上几个肤浅的问题，再以谎言回应，然后递上片口香糖（跳舞倒不是必需），很快亲上几口，接着，取决于接吻的速度和质量，以及谁身上带着避孕套——要么就在洗手间或哪个昏暗的角落速战速决，要么之后去家里慢慢来。

德尔·迪埃斯特罗教授对他的陌生女孩已经相当了解了，所以可以暂时停一下，跟我热情地交谈上两三句。而卡瓦纳把我介绍给五六个女孩之后，就强迫我坐在沙发上，坐在两个女孩中间。我被四条明晃晃的大腿钉在座位上（两个姑娘，每人两条），忽然意识到或者说默认了自己那天晚上将不再独自离开这家迪厅。于是我立刻左右打量，心中暗自权衡，至少得选个体重轻一点儿的伴侣。我立刻发现，我右边的姑娘不能算胖，只是微胖，我猜过一会儿我就会对她产生些许性爱慕。想到我会跟她亲密起来，她的脸庞立刻变得可亲了，棕狮般的鬈发看上去也很漂亮，尽管看起来刚做了没几个小时（那是个周四）。另一个姑娘胖得无可否认也无法掩饰，于是我背对她，跟这个不那么胖、名叫缪丽尔的姑娘有一搭没一搭地聊起来。大家都扯着嗓子，说了什么我几乎不记得了（这只是个程序）。她似乎说自己住在怀奇伍德森林附近一个巴掌大的村子——

或是农场里，位于温德拉什河和埃文洛德河之间。但这些很可能不是实话，正如埃米利奥和缪丽尔这两个名字也都可能是谎言。她跟同伴一样，一刻不停地嚼着口香糖。杰西又回到舞池跟卡瓦纳跳舞了，好确保自己得到一辆阿斯顿·马丁。缪丽尔尽管不像年轻的杰西那样爱笑，但看上去依然很开心，很愿意认识我。她一点儿也不介意蹭到我的腿：我的腿有春天的薄裤子遮盖着，而她扎眼的、健硕的双腿只蒙着薄薄的丝袜。不仅如此，她还企图把这种不可避免的碰触（因为空间狭小）变为蓄意的挤压，我并不拒绝。于是，过了一会儿，她就熟稔地把手放在我膝盖上，扯着嗓子问道：

"要来片口香糖吗？"

"不了，谢谢！"我话刚出口，就意识到在这样一个七十年代的场所，这个回答并非最好的选择。

她没有立刻回应，若有所思地愣了一会儿，口香糖停留在软腭或牙龈的某个地方。然后，她很自然地说：

"我把它放我嘴里吧，万一我们接吻呢。不过你要是不想，我也可以把它吐掉。"

（那天，我还是赶得及在那善于吮吸、努成圆形的唇间闻到浓郁的薄荷味。）（我的嘴，想必带着淡淡的烟草味。）

一小时后跟她走出迪厅时，我撞上了两种目光。一种来自群体——好几个面熟的、品位粗俗的花花公子终于知道将我如何归类，而且已经在谴责我了；他们对我极为轻蔑——就凭我站的边。另一种来自个人，但我不太有把握：走了几米，到门口时，我认为我碰到了迪德科特车站的那个女孩（她正走进来，如果真的是她，我想她闪电般瞥了我一眼），也就是后来我在宽街布莱克威尔书店附近、在三一学院旁短暂重逢的姑娘，在那个刮风的下午，她和朋友同行，而朋友不让她停下来。正如第二次偶遇一样（假如这第三次也是她的话。我有一年多没见到她了，之前的见面是那么短暂），我刚背过身去，就意识到是她——或者说，我认为是她，并注意到是她。我也像上次那样转过身，但她没有，因此我不敢肯定就是她。我看到她进了迪厅，看到了她的后颈，还有陪着她的那个男人的后颈。刚才迎面遇上时，我压根儿没注意到这个男人（不过一秒钟，我们相向而行，也许为了避免相撞而侧身）。从背影来看，他很像爱德华·贝斯。从背影来看，我觉得他就是爱德华·贝斯。但这不可能：爱德华·贝斯现在应该坐在小孩埃里克的床头，给他读故事书，而克莱尔·贝斯一定会在一旁听着。想要上前看个究竟或者回头都已经太迟了。正如在宽街那次一样,又有人扯了扯袖子——这回被扯住的是我的袖子。尽管这回外面并没有刮风,但缪丽尔已经走到了大街上,不耐烦了。

在家里的二层,她又嚼了会儿口香糖,嘴里还有我倒给她的加冰杜松子酒(加了很多酒,是按照西班牙的规格准备的)。我没醉,完全没有;她醉得很,这是她给我的感觉(不知道我们认识之前她喝了什么)。之后,到了三层,当我们脱了衣服上了我的床,我才真正开始想克莱尔·贝斯,再次想念她;更确切地说(不完全是这样,不完全是想念她),是惊讶而困惑地意识到,面前这个身材微胖、五官秀丽、鬈发迷人的姑娘真的不是她。所谓"忠诚",主要是习惯的产物(人们用这个词表示,当某性别特定的人进入另一性别特定的人的身体,或被进入,或放弃进入,或拒绝被他人进入时,始终如一并具有排他性);相反,"不忠"也是(无法始终如一,善变,接受不止一个性器官,即字面意义上的"滥交"。据我所知,克罗默-布莱克就是这样,缪丽尔应该也是,卡瓦纳和德尔·迪埃斯特罗教授大概也没差)。当一个人长久以来习惯了某一张嘴,其他嘴就显得格格不入,甚至阻碍重重了:牙齿太大或太小,嘴唇太薄或太厚,舌头动得不合时宜或僵硬如骨肉。又或者,体味最浓的地方（腹股沟、私处、腋下）散发的气味让人不知所措。力度失调的拥抱，麻木的肌肤触觉，大腿上粗糙的汗液（可能是局促所致），难以契合的身体轮廓，扰乱房间光线的陌生肤色，私密处的尺寸和湿度——全都如此。双手无法适应另一尺寸的胸部，它们可能溢满掌心，可能若即若离，又可能因乳头不够光滑而发硬，舔舐时几乎有些剐蹭感。新的身体总是难以掌控（任何新的身体都难以掌控）。亲吻不同的身体部位，揉捏、啃咬、探查它们时，顺序和力度总得有所保留或迟疑；停下来，中断抚摸，注视这些部位时，对方的反应也有所不同。"我的阴茎在她的嘴里。"拥她入怀时，我心里想。我就是用这些词语来思考的，或者说当我想用语言表达时只出现了这几个词，又或者说我的思想正在给这种行为命名（此刻我正将这一行为付诸实践）。当你几乎不了解一具身体时更是如此，因为这些词语往往用来指代自己身体的各个部位，当谈及他人的身体时，理应更有敬意，并使用委婉语、隐喻或中性词。"我的阴茎在她嘴里，或者说她的嘴在我的阴茎上，因为是她的嘴来找的它。我的阴茎在她嘴里，"我想，"这和以往不同，和长久以来的很多次都不同。"缪丽尔的双唇善于吮吸，第一次吻她时我就注意到了。但她的嘴不像克莱尔·贝斯的那么宽敞、那么湿润。她的嘴缺少唾液，空间不足。她的嘴唇很美，但有点薄，而且是静止的；与其说是静止（我注意到它在不停地动），不如说是不够柔韧（就像绷紧的带子）。我的阴茎在她嘴里时，我看到了她的胸脯，白皙而丰满，乳头颜色很深。克莱尔·贝斯的乳房则不同，两种颜色过渡得并不刺眼，像是从杏色渐变为燕麦的颜色。我注意到我的大腿（压住了她的胸，但没有弄疼她）上这雪白胸脯的纹理。这姑娘很年轻，肌肤柔软，就像崭新的橡皮泥，尚未因使用和孩童的触摸留下痕迹或变硬。我经常玩橡皮泥，但不知道小孩埃里克是否也会玩。我的阴茎在缪丽尔的嘴巴里这事真是难以理解（就在三个小时前，谁知道会这样呢。那时我在消磨时间等待出门，刮着胡子，盯着下午的阳光；而她也许在怀奇伍德森林的农场或家中的浴室，对着镜子涂口红，心里想着某个陌生人——此刻她的双唇已褪去颜色）。比将要拥有她更难以理解的是，我马上就要拥有她，进入她的身体。最近几个小时里——可以想见——那里什么都没有，而她的嘴里有过口香糖、金汤力和冰块，有过香烟、花生、我的舌头、笑声，还有我未听到的话语。（她的嘴巴总是满满当当的。）现在她不喝酒、不抽烟、不咀嚼、不发笑，什么也不说，因为她的嘴里有我的阴茎,她心不在焉,嘴里只有心不在焉。我也不说话,但我没有心不在焉,我在思考。

片刻后,还是在楼上,在我金字塔形的家的三层,我仍旧赤裸着躺在床上,再次开始思索。我想:"跟她在一起,我不会想到那些当我跟克莱尔睡觉时总会想到的东西——阴茎是有眼睛的,它有视觉、有目光,可以同时看见自己靠近、进入或已经进入的身体。我不想看见她的生殖器,也不想看见我的。但是我看见了。尽管我喜欢缪丽尔,尽管她在帮我以最好的方式度过这个下午或夜晚,我却并不了解她。我知道她不是克莱尔·贝斯,只是阿波罗剧院旁的迪厅里一个微胖的女孩。原因有很多:她的体形和身高(她稍矮一些);她的大腿无法充分分开(也许是因为她肉乎乎的。那个跟德尔·迪埃斯特罗教授接吻的最胖的姑娘,肯定也一样吧?没准儿教授眼下正面临这个问题);她的骨骼被肌肤包裹得太严密,几乎看不出来(我只能触到她的耻骨,摸不到髋骨);还有她羞怯而窘迫的喘息声(我是个陌生人,她半睁开眼时不看我,而是望向我枕头上方那面空白的墙)。但我知道这一切首先是因为我所感知的气味。它不属于克莱尔·贝斯,甚至也不属于牛津和伦敦,不属于迪德科特车站,而可能属于怀奇伍德森林,属于温德拉什河和埃文洛德河,缪丽尔就在这两条河间长大,正如克莱尔·贝斯生活、成长于亚穆纳河畔,那河上有不知名的歌声、简陋的小船,还有不幸的恋人纵身跳下的铁桥。缪丽尔在喘息,也在思考。她也许在思考我的味道,在想这是异国的味道,来自一个大陆人、一个南欧人、一个充满激情与热血的人,这是我们的名声。我的血是热的、温的还是冷的?对她来说,我的味道如何?英国人几乎不用香水,而我用,用的是楚萨迪香水,也许这就是最大的不同、是绝对的新鲜事。或许我每次从马德里带来的意大利香水,就是她在气味上唯一能感知的东西。她可能不喜欢,可能为之痴迷,不问她本人我没法知道——等一下再问吧,她现在注意力都在自身(只在想她自己)。也许她压根儿没留意到这气味,什么也没闻到,尽管她看上去并没有感冒。英国的春天(或者说转瞬即逝的冬天),有很多人感冒或对花粉过敏。年轻人尤其容易得所谓的'枯草热',克莱尔·贝斯不那么年轻了却也有这毛病。去年春天,在怀奇伍德森林的姑娘现在所在的位置,她连打了好几个喷嚏。那片森林早已不复存在,上个世纪就被砍伐殆尽,只剩残迹,可我们很难放弃一个名字,因为名字承载了太多东西。缪丽尔看来不会打喷嚏,如果打喷嚏,以我们现在的姿势,我会有强烈的感受,会感到震动,感到一种此刻不存在的猛烈冲击。她也许累了,喝了太多酒。我离开家的时候房间很冷,但现在很热,因为缪丽尔身体滚烫。克莱尔·贝斯的身体是温热的。而从外表推断,伦敦火车上那个女孩的身体很可能是冰凉的。我想我刚才看见她了,但无所谓了,我已经有一年多没想过她了。一年多以来,我几乎把全部的时间都用来想克莱尔·贝斯,尽管我们见面时从不像别人那样对未来有所规划。如果今天晚上我在迪厅等着——如果我没有遇见卡瓦纳、爱笑的杰西和德尔·迪埃斯特罗教授,也许我最终会跟伦敦火车上的那个姑娘一起离开,那么她——不,还没发生呢,这事得晚一点儿发生,但不久就会发生——就会在这里(是她也好,不是她也好),就会取代缪丽尔,待在克莱尔·贝斯的位置。这个不胖的姑娘——她不胖,既不胖也不'恬不知耻'——说自己住在温德拉什河和埃文洛德河之间,过去那儿是怀奇伍德森林。现在是她在这儿,在我床上,在我身上,藏匿或者收容我的阴茎,因为克莱尔·贝斯这几周不愿意见我,因为这几周属于生病的小孩埃里克。是她,而不是别的谁——不是迪德科特车站的姑娘——嚼着口香糖,想着万一我们要接吻。她做得对,因为我们现在接吻了。"

"告诉我你要我。"缪丽尔把她善于吮吸、努成圆形的嘴巴暂时张开,说道。

我听到附近圣阿洛伊修斯教堂(或圣贾尔斯教堂)依旧清醒、没有沉睡的钟声。不需要紧盯床头的时钟,不需要匆忙起身,也不需要去想藏在某处的高跟鞋和散落在房间各处的衣服去了哪里。夜深了。

"我要你。"我说,"我要你。"我想。这么想了以后,我就不再想了。

我认为在牛津的两年中,我只跟克罗默－布莱克建立起了真正的友谊。固然有很多教授让我难以忍受(经济学家哈利韦尔就是个苍白的例子。而我尤其痛苦地记得我们系的印度学专家利－皮尔:这家伙小心眼,自命清高,肚子明显比躯干宽得多,总是穿着又紧又短的裤子,一坐下来就露出恶心的小腿,我还不得不跟他一起上些最刻板做作的课),但如前所述,我常常把自己放在爱德华·贝斯的位置,甚至开始欣赏遭人排挤、玩世不恭的卡瓦纳(因爱尔兰出身、写小说、为人率性而遭排挤)的幽默和洒脱,还能够以同等姿态回应亚历克·迪尤尔(即讯问者、屠夫或开膛人)对我流露出的违背本意或不自知的友善——但他可能压根儿想象不到这点,因为我向来比他内敛,从不表露。而我最敬佩的,是文学泰斗托比·赖兰兹教授。我在那儿的第一年他已近乎退休,到第二年便彻底荣誉退休了。是克罗默－布莱克心血来潮介绍我们认识的。你很难和托比·赖兰兹建立起真正的友谊,不是因为他不热情、不彬彬有礼或不愿接待访客,而是因为他过于通透、过于真实(我的意思是,他说的每句话听起来都像是真理)。对他,除了开诚布公的敬佩和些许畏惧(或者说敬畏,有人会理解我的意思),很难产生别的感情。

我常去他位于大学区外的宅邸拜访。那是一幢带有广阔花园的豪宅(他的财富源自他本人,而非学术成就或职务),坐落在城东的公园区,那是查韦尔河流经牛津及其周边地区时最富野趣与诗意的地段。我通常周日去拜访他,这一天对他来说最难打发、最费心神(他像乞丐那样消磨时间),尤其是在第二年他退休后。他身材高大,或者说是极其魁梧,一头波浪状的白发依旧浓密(就像奶油一样),覆盖在雕塑般的头颅上。他衣着考究,与其说是优雅,不如说透露着张扬(蝶形领结配黄色毛衣,带点美式风格,或像老派的学生)。在牛津,他被视为未来——现在差不多已经是了——不可磨灭的荣耀,因为在牛津,如同在所有靠某种内生机制存续的地方一样,一个人只有在终止职务、变得被动并让贤于继承者时,才会变得叫人难以忘怀。他与艾尔曼、温德、贡布里希、伯林和哈斯克尔,过去或现在都注定要成为同一类人:在众人的追忆中被拥戴的人。①托比·赖兰兹拥有全部荣誉,孤零零地一个人生活,每天通过邮箱收到更多越来越缺乏诚意的新荣誉;他打理花园,给那些栖息在查韦尔河畔他家附近水域的天鹅喂食;他要就《多情客游记》②再写一篇论文。他不太喜欢谈论自己的过去、他不为人所知的出身(据说他并非一直是英国人,而是南非人,但他的口音倒是毫无痕迹)还有他的青年时代,更不愿提及牛津流言中他早年与著名情报机构英国军情五处有关联的事。传闻也许是真的,但没什么意思,因为在小说和电影里,这个机构和英国两所顶尖大学的关联早就俗套寻常。他的追随者、门生和前下属最津津乐道的是他的战时活动:他似乎从未上过(任何)前线,而是执行一些蹊跷隐晦的任务(往往涉及大量金钱运作),隐约与间谍活动或监视中立人士有关,并且是在马提尼克、海地、巴西、特里斯坦-达库尼亚群岛这样远离冲突中心的地方。对于他的过去,我从未有过什么了解,知情人应该也

---

① 指理查德·艾尔曼(1918—1987)、埃德加·温德(1900—1971)、恩斯特·贡布里希(1909—2001)、以赛亚·伯林(1909—1997)、弗朗西斯·哈斯克尔(1928—2000),均为20世纪重要的人文学者,都曾在牛津大学讲学或任教。
② 又译《感伤的旅行》,英国作家劳伦斯·斯特恩(1713—1768)的代表作。

不多。他最让人战栗的是他那双瞳色不一的狭长眼睛：右眼油棕色，左眼则是灰白的。从右侧看过去，目光尖锐而不乏残酷——像是鹰眼或猫眼；从左侧看，则是沉思、威严和正直的神色，北方国家的人特有的那种正直——像是狗或马的眼睛（动物中最正直的大概就是它们了）；若正面相对，你就会看到两种目光，更确切地说，是两种颜色交汇于同一种目光：残酷而正直，沉思而尖锐。离得稍远些看，油棕色成了主调（同化了另一种颜色）。一些周日的清晨，阳光照进他的眼眸，瞳色就会被稀释，色调变得清浅，就像他手中的雪利酒一样。笑容则是托比·赖兰兹最邪门的地方：他的嘴巴几乎不动，但又足够——仅以横向的方式——让他紫色的、饱满的上唇下露出一排小巧微尖、异常整齐的牙齿（也许是某位收费不菲的牙医，对他被岁月带走的牙齿所做的出色复刻）。他的笑容短促干涩，最可怖之处不在视觉，而是听觉。它不用人们常用的那些辅音来送气发声（比如"ha, ha, ha"或者"he, he, he"或者"hei, hei, hei"，又或是某些语言中的"ah, ah"），而是用实实在在的爆破音，用最标准的英语齿龈音"t"。Ta, ta, ta——托比·赖兰兹令人胆战心惊的笑声就是这样。Ta, ta, ta. Ta, ta, ta.

我记忆最深刻的那天，他似乎比平时吐露了更多真言。一开始他只是笑笑，当我们聊起我们的同事时（严格来说，已经不能算是他的同事了），他隐晦地跟我讲了好些学界或外交圈的趣闻逸事，但绝口不提战争或间谍活动。那是我在牛津的第二年，正值贯穿一月至三月的希拉里学期——确切来说是三月底，就在克莱尔·贝斯决定冷落我四个星期之前。当时我们都知道克罗默-布莱克病了，而且估计病得很重。他本人依旧对我们守口如瓶（即便开口，也只是含糊其辞），没告诉我，没告诉克莱尔，没告诉特德，也没告诉他住在伦敦的弟弟罗杰，甚至没告诉他尊敬的赖兰兹。他或许只告诉了多年来他最亲近的布鲁斯。他们之间维持着旧时（尤其是在法语中）所谓的"爱慕式友谊"，这情谊不进不退，不排他也不恒久。（布鲁斯是沃克斯豪尔汽车公司的机械师，通常不跟我们来往——他是克罗默-布莱克的另一个世界。）可克罗默-布莱克频繁出入伦敦的医院，偶尔会住院，且时间越来越长；他的容貌变得太快：我们才看到他体重正常、容光焕发，马上他就消瘦憔悴、面色灰白。这一切都使我们陷入那种缄默的担忧——这种担忧在英国很常见，至少比其他地方常见，它基于些许的斯多葛主义，又基于某种与之不太相称的乐观：事物只有在被言说时才存在，换句话说，如果不给予它们言语上的存在或承认，它们就不会发展壮大，最终会消失不见。克罗默－布莱克的亲友中没有一个人暗地里谈论他（谈论他那已经很明显的疾病），跟他在一起时，如果他脸色比较好，我们就忘掉他之前的样子，愉快地将之判定为他的曾经；如果他的脸色很糟，则需要记起他的好脸色，同时默默地、强烈地希望他的曾经早日回归。

对托比·赖兰兹来说，克罗默－布莱克是他最珍视、最不可割舍的朋友——他学术上的继承者，已经长大却仍不离弃的学生。也正因此，这个无名的病症，不管是什么，赖兰兹都是最不可能提及它的人。那个星期天，当我们俩站在河边的花园，看着河水不停流淌时——没有其他季节里那种虚幻的阻力（两岸植被仿佛推挤着河水前行，但也让河道充满野趣）——赖兰兹谈到了克罗默－布莱克，谈到他的健康或者说他失去的健康。这让我很惊讶。河流的拐弯处有天鹅栖息。赖兰兹往水里扔了些剩面包块，想看看天鹅会不会过来。

"它们今天不出来，"他说，"谁知道是不是走了。一年到头，它们沿河上上下下迁徙，有时会消失好几个星期，但其实就在几米开外的地方。说来奇怪，我昨天还见到它们。这儿是它们最喜欢的地方之一，它们在这儿能得到很好的照顾。不过，消失总得有第一天，否则就不叫消失了，对吧？"他仍在往肉桂色的水里扔面包，掰得更碎了，"不过没关系，鸭子已经来了，你看，那儿有一只在找吃的呢。又来了一只，还有一只。它们多贪心啊，什么都不嫌弃。"然后，他几乎没有过渡地说了一句："你最近见到克罗默-布莱克了吗？"

"见到了，"我说，"两三天前。我在他房间跟他喝了杯咖啡。"

这位文学泰斗此时在我左侧，所以我在他油棕色的眼睛里看到了尖锐，从侧面看，显得比灰白色的那只眼睛更细长。他顿了几秒钟才又开口：

"他气色怎么样？"

"不错，从意大利回来后好多了。他休了一周的假，估计您也知道。我替他代了几节课。他需要离开这儿休息一下。看来这对他有好处。"

"对他有好处，嗯？"他的眼睛倏地转向右侧（我这一侧），随即又盯着鸭子了，"我知道他请假去了托斯卡纳，不过是通过别人知道的。他回来两周还是三周了？他还没来看过我，也没打电话。"他沉默了，然后转过身正对着我，仿佛要说出痛心的事情或承认自己的弱点就得直视别人，"这让我奇怪，也很难过，我觉得没什么不能直说的。我原本想，他气色不好，他不来也许是这个原因。可你说他气色不错，对吧？你是这么说的，是不是？"

"对，他二月时很不好，相比之下我觉得现在好多了。"

托比·赖兰兹体格惊人，不是因为肥胖，而是因为身材魁梧。他费力地弯下腰，从地上的柳条篮中又拿了些面包。又游来了四只鸭子。

"我在想他什么时候起会彻底不来了，最后一次见到他会是哪天——假如不是二月份的那天。那是二月中旬，他最后一次过来。也许他不打算再来了。你看这些鸭子。"

我看了看那些鸭子，立刻回答道：

"我不明白您为什么这么说，托比。没有人像他那样看重您这位朋友，对此您非常清楚。我认为他永远也不会不来看您，至少不会自愿这么做。"

赖兰兹不再把面包撕成小块，而是把篮子里剩下的面包一股脑儿全倒进水里。面包块和碎屑在查韦尔河浑浊的水面上漂浮了一会儿。接着他又把篮子也扔了，篮子倒在草地上，看上去像农妇的帽子，提手则像帽带。他后退了几步，走到小桌前，贝里太太（他的管家）给我们准备了雪利酒和橄榄。虽然是三月底，只要稍微穿得暖一些，在户外便不会感到冷。这是个晴朗的周日，云彩淡淡的。阳光可不能浪费，它能帮人们打发时间，让人挨到第二天。赖兰兹系着蝶形领结，穿着一件厚厚的黄色毛衣，外面套着羊毛衬里的皮夹克，毛衣比夹克长，从栗色皮革下面露了出来。他在一张带靠垫的椅子上喝着酒，慢悠悠却是一口气地喝光了，然后又斟满了一杯。

"自愿，"他说，又重复道，"自愿。病人的意志属于谁？属于病人还是疾病？一个人病了就跟老了或者糊涂了一样，做的事情里，自己和他人的意志各占一半。只是我们并不总能知道，已经不属于我们的那部分意志属于谁，属于疾病、医生、药物、糊涂、岁月还是逝去的时光？属于把我们的意志带走的……不再是我们的我们？克罗默-布莱克已经不再是我们认为的那个人或者过去的那个他了，不是同一个人了。除非是我大错特错，否则他一定会越来越不像原来的自己，直到最终成为一个完全不同的人。不是这个人，不是那个人，不是第三个人，不是第四个人，谁也不是。直到谁也不是。"

"我不明白您的意思，托比。"我说，我希望这句话本身足够有说服力，让他主动放弃这个话题，希望他给出诸如"不谈这事了""别在意""别管我了"或"没什么"的回答。但他没有说任何这类话。

"不明白,是吗?"托比·赖兰兹用一只手捋了捋梳得整整齐齐、奶油似的白发,这动作和克罗默-布莱克如出一辙(没准儿是克罗默跟他学的呢),只是他的头发白得多。正当我在想"托比·赖兰兹的头发过去应该是金黄色的"时,他说出了我(出于马德里式的迷信或英国式的缄默)不想听到的话。"听着,"他说,"你听我说,克罗默-布莱克要死了。我不知道他得了什么病,他也不会告诉我们的,不管他是已经确认了还是靠不负责任和巨大的努力忘记了,哪怕只是暂时忘记。我不知道他得了什么病,但我认为他没有多少日子了,我相信这病很严重。二月他最后一次到这儿来时,情况糟透了,我看着他已经是个死人了。他的脸色是死人的脸色。现在你说他好一些了,你不知道我有多高兴,但愿这种情况能持续下去。不过,他已经好转过好多次,然后又变得不能更糟。他最后一次来时,我看他命定如此了,心都碎了,事情真的发生时,一定会更心碎,可我最好还是先接受这个想法。但他能来却不来让我心痛。他不是因为气色一般或糟糕就不来看我,也不是不想让我难过,或者不愿意让我见到他最糟的样子,我知道他为什么不来看我。以前,我虽然是个老人——我很早就这副老人相了,你认识我才一年,可我一直显老——但我人畜无害,甚至可以说还有点用处,我说话时就算跑题都能给人启发,我的狡黠和玩笑也很有意思,还能教给他很多东西,尽管我不太了解你们的专业——西班牙文学,我真不知道他为什么不研究我们的文学,我们的文学更丰富。但现在我已经不是那样的人了,我成了他不愿意用来照见自己的镜子。他人生的终点就在不远处,我的也是。我会让他想起死亡,因为在他的朋友中,我肯定是距离死亡最近的。我就是他罹患的疾病,就是年迈的代名词、衰老的代名词,自我的意志在四处游移,跟他一样。只不过我还有时间慢慢习惯失去自己的意志,这也就意味着学会最大限度去挽留它,延缓它的脚步,而不对自己造成伤害。但他没有这个时间,这不能怪他,我不能责怪他躲着我。可怜的孩子,虽然表面看不出,但他肯定手足无措,肯定吓坏了,无法相信自己遭遇的事情。"

托比·赖兰兹又喝了点雪利酒,眼睛半睁半闭。这两只眼睛原本不同,现在因为投在上面的阳光而变得相像了。他拿起了一颗橄榄。

"我不知道,"我说,"我不知道您说的是否有道理,托比。我一点儿也看不出您说的您离死神很近，或者会让人联想到死亡或是死亡的征兆。您甚至并不老，身体也不错，不是吗？您看上去好极了。去年，您的课还座无虚席，如果不是今年该退休，您还可以继续上这样的课。在牛津，如果一个人精神萎靡，没有谁会去填满他的教室。我想克罗默-布莱克可能是没有时间来看您。"

"Ta，ta，ta——"托比·赖兰兹终于爆发出大笑，但那是酸楚的笑。他说："我知道你在想什么，我这么说恰恰是因为你正在想的事——我不得不退休了。河水一向是流逝的象征。在河边的这座花园里，我死气沉沉，胡思乱想，忽然发现自己离死亡很近，还冒出些别的傻想法。在家里呢……贝里太太又那么沉默。不，这么说太庸俗了，我并不是死气沉沉。我在写一本书，关于劳伦斯·斯特恩和他的《多情客游记》，这将是有史以来最好的评论。你可能会说那不重要，没人在意，也不会让我感到自己……被期待。但我在意。我热爱那本书，希望人们能够好好地理解它，也希望自己能在进一步研究、给人们提供诠释的过程中更好地理解它——我对自己有期待。不，绝不是退休的缘故。几年来，我看到日子在一天天地流逝，就产生了所有人都或早或晚会有的落寞感。这不完全取决于年龄，有人从孩提时代起就这样了，有的孩子已经有这种感觉了。我早就如此了，大概是在四十年前。那些年，我一直允许死神靠近自己，让我恐惧。死亡迫近的严重性不在于它本身带来或者不带来什么，而是你已经无法再憧憬必将到来的事情。我已经拥有了一般人所说的'圆满人生'，或者我自认为如此。我从未有过妻子、孩子，但我认为我拥有过一段求知的人生，这是我在乎的。我从未停止去获得比以往更多的知识，你把这个以往定在什么时候都行，哪怕是今天，哪怕是明天。但我的人生之所以圆满，还因为它充满了行动和意外。我做过间谍，你肯定听说了，我们中的很多人都做过，因为这是我们工作的一部分；但不是办公室间谍，像你们系的那个迪尤尔还有大多数人那样。我是战地间谍。我到过印度、加勒比和苏联，做过的事情现在已经不能讲给任何人听了，因为太荒唐，没人相信。我非常清楚根据时代不同，哪些事情可以讲，哪些不可以，因为我穷尽一生在文学中学会了这一点——我知道该怎么区分。这一切都不该再讲了，可我曾经冒过生命危险，也曾告发过个人层面上跟我没有任何过节的人。我救过别人的命，也曾把一些人送去枪决或送上绞刑架。我曾生活在非洲，在一些不可思议的地方，在其他的时代。我还目睹过自己所爱之人自杀——"托比·赖兰兹的声音戛然而止,仿佛只是他的记忆而不是他的意志(被他最大限度地挽留,却已不仅仅属于他的意志)驱使他说出了最后那句话。但他马上就恢复了过来,不用说,是因为继续说下去是驱散这件事最好的方式。"我参加过战斗。我的头脑里满是清晰而转瞬即逝的记忆,可怕而令人亢奋。如果有人像我一样能看到全部那些场景,肯定会认为足够了,不需要更多了,仅仅是回忆这么多激动人心的事,就足以让老年时光的每一天都比其他许多人的当下更热烈充实。但事实并非如此。即便现在看上去不再会有任何意外发生在我身上,也就是说,什么都没有了,事情也并非真的如此。我在这个花园,在我的房子里,和那位循规蹈矩的贝里太太一起生活,一切安排似乎都是为了无事发生,一切让人惊讶、振奋的事情似乎都已经画上了句号,被摒弃了。但我跟你保证,即使现在我也依然想要更多:我渴望一切;每天早上促使我起床的,依然是对将要到来、尚无征兆的事情的期待,是对意外之事的期待,我不停地想象着将要到来的一切,和十六岁第一次离开非洲时一模一样,一切都有可能,一切尽在未知之中。我不停地在一点儿一点儿消除未知。我刚刚说了,我每时每刻都比之前知道得更多,然而未知依然如此庞大。即便到了今天,我已经满七十岁了,人生如此安宁,我依然期待着去饱览一切、经历一切,无论是不寻常的还是尝试过的一切;那些曾经历过的,就再尝试一次。我有对于未知的热忱,也有对于已知的热忱,我不能接受有些事情永远不再重复。所以有时我很羡慕泰勒院的老门房威尔,他年长我二十岁,可是,由于他完全放下了自己的意志,他终其一生都生活在持续的喜悦或焦虑中,既会遇到巨大的意外,也会重复他已知的事情。这是一种不放弃任何东西的方式,尽管他并不自知,尽管在我看来,他那门房人生远不能称得上'圆满'。可我的看法不重要,在这件事上,任何人的看法都不重要。对所有人来说,最难以忍受的是知道自己在某个特定的时刻就得放弃一切,不管这个一切由什么构成,它是我们唯一知道、习惯的东西。我能理解那些哀叹死亡的人——仅仅因为不能读到喜爱的作家的下一本书,不能看到欣赏的女演员的下一部影片,不能再喝一杯啤酒、做新一天的填字游戏,不能追完还未完结的电视剧,也不能知道今年的足球冠军是哪支球队。我理解,完全理解。这不仅仅是因为一切都仍有可能发生:难以想象的消息、重大事件的转折、最罕见的奇事、最新的发现、世界的翻转，还有时间的另一面——时间的黑背……还因为，有那么多的事情在挽留我们，有那么多的事情在挽留克罗默-布莱克，跟挽留你、我或者贝里太太的事情一样多。"托比·赖兰兹指了指那幢房子，"想想看，可怜的孩子。我猜等到他逐一跟大家告别的最后一刻，我已经不是其中的一分子了。"

赖兰兹教授沉默了。他把夹克的拉锁又往上拉了一点儿，完全遮住了上面的毛衣——但下面始终没遮住，那圈黄色露在外边。他一次吃了两颗橄榄。

"您不会希望我和他谈一谈吧？"

"你想都别想。"他的两只眼睛——一只油棕一只灰白，一只鹰眼一只马眼——威严地看着我。这位文学泰斗把第二杯雪利酒一饮而尽，拍了拍宽大而凸出的胸脯，起身向河边走了几步。他捡起扔在地上的柳条篮，挎在胳膊上，像个卖完东西的老货郎。他转身冲着房子喊道："贝里太太！贝里太太！"贝里太太从厨房的窗户探出头来，大概是在给他准备午餐。我不会留下来吃饭的。他抬高了声音，就像我在迪厅跟怀奇伍德森林的缪丽尔说话时那样："贝里太太，请拿些饼干过来，要最陈的那种！"然后，他在空中挥舞着篮子，又望向我（这次并不威严）笑了：

"Ta，ta，ta。看看这些懒天鹅会不会赶紧出来。"

我们发生的一切、我们所说的一切、别人给我们讲的一切、我们亲眼看到的一切、从我们的嘴里出来耳朵进去的一切、我们参与的一切（多少要为之负责），都必须有一个除了我们之外的听者，而这个听者是谁，取决于发生的事情，取决于别人告诉我们的事情，或者取决于我们自己的叙述。每件事情都应该讲给某个人听——不总是同一个人，不一定非得是同一个人——而每件事都会被分拣出来，就像一个人某天下午去购物，翻看、挑拣并分配好未来的礼物。一切都需要被讲述至少一次，哪怕像赖兰兹以他的文学威望断言的那样，根据时代的变化而讲述。换句话说，得在合适的时机讲出来。如果没有发现那个合适的时机，或者故意让它溜走，便永远也无法讲述了。那个时机有时（大部分情况下）会以当下、明确、迫切的方式呈现出来，但也有许多时候只是模糊地显现，要历经数年甚至数十年才浮出水面——最重要的秘密都是如此。不过，任何秘密都不能也不应该永远对所有人保密，在一生中，在那个秘密的一生中，至少有一次必须找到一个倾诉对象。

因此，有些人会再次出现。

于是，我们永远会因为自己所说的话或者别人跟我们说的话而下地狱。

托比·赖兰兹满是威严地看着我，用眼神禁止我把他说的话告诉克罗默-布莱克。我知道，在克罗默-布莱克屈指可数的生命里，如果来得及，我最终还是会说出去的，尽管严格来说，那也算不得是什么秘密。但当时（那一刻）我确信应该保持沉默，那些话将注定延迟抵达它早已选中的、最为必需的听者耳中，于是我立刻就忘记了从赖兰兹口中听到的一切：关于克罗默-布莱克以及他长时间远离查韦尔河畔那幢房子的事。不过我只是暂时忘记（没有继续拷问自己或者反复思量）。可我忘不了赖兰兹对自己过往的暗示或者说论断：那是我听过的最直白的表达。但关于这些，我能做的仅仅是将它们传达给克罗默-布莱克和克莱尔·贝斯，我在牛津最重要的两个人（前者如父如母，后者则是兄妹般的和理想中的形象）——重要的人还有赖兰兹（他是第三位，作为导师，也是最名副其实的）。"仅仅"意味着他们也可以获知这些内容，成为除了我以外的倾诉对象；但同时，无论他们还是其他任何人，肯定都无法厘清也不能听到托比·赖兰兹完整的故事：他的告密和间谍活动、他神秘的出身和战斗、他判决或拯救过的人（在他闪电般耀眼而清晰的回忆中得有多少死人啊），当然更不必说那个他爱过且在爱时目睹其自杀的人——尽管我随即开始怀疑他是不是真的说过那句话，怀疑我的英语理解能力，怀疑自己是否真的听清楚并且听懂了。

我一有机会就向克罗默-布莱克提及此事，但他似乎赞同赖兰兹忽视和遗忘一切的选择，他几乎没在听，兴致索然。（也许，他真的不再是我们认为的那个人，或者不再是曾经的样子，因为我或者克罗默-布莱克本人说过，他对任何事都报以讽刺或愤怒，但从不会缺乏好奇心，永远不会无动于衷。）

"你确定他说了这话？"他只是心不在焉、略带疑惑地问了句（没有比怀疑更让人扫兴的了）。"我想是的，"我说，"不过我现在也不能肯定了。但也不可能是我编造出来的，我想不出这样的故事。"他应道："谁知道呢。如果是在战争中，或许是他的某个士兵朋友，因为在战斗前害怕极了，决定彻底了结这种不确定的前景，于是给自己来了一枪。这种事不少，更不用说在最前线的战壕里了，那里可全是少年和儿童。""呃，赖兰兹对男人感兴趣吗？"我问。"啊，说真的，我不知道。打认识他起，他就一直孤身一人，更不会谈论不够绅士的话题。仔细一想,他像是个没有性别的人。"这些话,与那次高桌晚宴后他喝多了波特酒时跟我说的话相矛盾。"不管怎么说,你知道的,如果有人跟我说自己爱上或者想得到什么人时,我都会默认是男人,除非他们特别声明了。他那么说也许只是为了震住你。他很少讲自己的过去,但喜欢暗示自己的过去十分丰富,就算他那么说了,我也不会太在意。"他转而问起我和克莱尔·贝斯的关系。那是我第二年也是最后一年的希拉里学期,我们这段关系只剩下三个月了。他已经习惯了我们的关系,心情好时会充当我俩的知己。那些日子,他像个老嬷嬷似的,似乎只想知道别人的性关系或者情感,仿佛他已经放弃了自己的这些事,只关心最当下、最日常的问题,仿佛对他来说,未来已经真的不重要了(过往也不重要)。"不管怎样,都是四十年前发生的事情了,又有什么紧要?"他很优雅地摊开手,一双长腿交叠起来(长袍如同夜色下的瀑布),这个姿势最能彰显他全身的美感。在我把他当作倾诉对象,将听来的话告诉他后,这就是他唯一的回应。

至于克莱尔·贝斯,我也把跟赖兰兹的谈话告诉了她(跟她倒是和盘托出)。但是,她主要或者唯一感兴趣的,是赖兰兹为克罗默-布莱克久不露面而难过。我苦苦哀求了许久才说服她不要插手,不要在这位躲闪的徒儿面前提及老师的抱怨。那时,她的儿子埃里克很健康地待在布里斯托尔的学校,所以她对一切都很周到,那样坦率、执着,一如平常。而当我没完没了地谈着赖兰兹的过去及他见证的悲剧死亡时,克莱尔·贝斯变了脸色(表情扭曲)。她不耐烦起来,仿佛她不仅不打算说什么,连听我说也不愿意。最令我意外的是,对于赖兰兹半主动地透露给我的这些事,她没有半点儿震动,甚至并不显得吃惊。她反而像是心生不悦。

"谁知道呢,"她的话跟克罗默-布莱克上午说的一样,"可能是真的。"我们俩在我家楼上,也就是说,在我床上,那时这里还是只属于我和她的地方。但我们都穿着衣服,像过去许多次那样,因为暖气太差,也因为时间紧张。我们匆匆交谈,然后她离开、步行回家——在肉乎乎、流动着的月亮下,迎着风,脸还红得厉害,这对我们来说有点危险,就我的喜好而言也显得过头。我们语速飞快,仿佛这样能让时间变长,能在每次拥有的短暂时光里塞进更多东西,而不仅仅是激情——很早以前,我们就已不满足于激情了,我的意思是,这不是我们对彼此唯一的兴趣了。她说完"谁知道呢,可能是真的"就打算聊别的了,可我继续说道:"这事谁会知道?我想了解托比的这段历史,但我不敢问他。""跟你有什么关系?"她说,"他也许爱上了一个生病的女人,女人不堪病痛,自尽了。这种事在电影之外也是有的。""托比·赖兰兹喜欢女人,对吧?"我问道。"啊,我不知道,我猜是吧。"她说,"我默认所有男人都是,除非他们明确告诉我不是——比如克罗默-布莱克。为什么这么问?因为他一直没结婚?我从没听说过他不喜欢女人。""当然,我也没听说过。"我回答,然后又说,"话说回来,如果那个故事是真的,你不觉得很残忍且应该让人知道吗?不管故事是怎样的。"这时克莱尔·贝斯不耐烦了,她表情扭曲,似乎很恼火。她烦躁而胡乱地点燃香烟,火星掉到了一只袜子上——她总是露着袜子,总在床上撩起裙摆(如果没脱掉的话),露出修长笔直的腿和赤裸的双脚——她被烫到时骂了一句,从床上起身,揉了揉袜子,又在房间里走了三步,来到窗前,机械地望向外面——或许是在看风和圣阿洛伊修斯教堂;接着,她又五步走到对面的墙边,手撑在墙上,腕上的镯子叮当作响。她弹了弹烟,这时还没有烟灰——否则烟灰就会落在地毯上了。她说:"对,我当然觉得很残忍,也正因此,我不愿知道、不愿谈论更不愿想象三十年前托比在异国他乡遭遇了怎样可怕的事情。谁会在乎那么遥远、那么久以前发生的事?""是四十年前,"我说,"我感觉他说的是四十年前的事,他没说是在外国。当然,很有可能是在外国。""三十年前也发生了很多事情。"克莱尔·贝斯吸了口气,吐出了第一个烟圈,此前她只是把烟点燃了拿在手里,但没有抽。她拿着烟比比画画:"二十年前,十年前,昨天,在这儿,在那么多国家,许多残忍的事情一直在发生,我不明白为什么要回过头去谈论它们,不明白为什么非要了解那些我们没看见、对我们没影响、我们很幸运地不知道的事情。我们亲眼见到的事情已经够多的了,你不觉得吗?"她开始收拾自己的公文包和袋子,穿上外套准备离开。那时牛津的钟声刚敲过最后一响,告诉我们还有一刻钟的时间,床头的闹钟也还没响。马上就是圣周假期了,要等到三一学期开课时我们才能再见面。尽管如此,这一次告别她没表现出留恋(并未因时间到了而伤感)。就在那天,她把耳环落在了我这里,我一直保存到现在。

那次跟文学泰斗的交谈还(顺带地)出现了第三个让我留意或好奇的元素。对于它,倒是有深入调查的可能,尽管要弄清全貌并不容易。从这个元素中,我看到了一个反赖兰兹的存在,甚至可以说,看到了一个反高兹华斯的存在,与我恐惧成为的样子截然相反。但这对立面同样使我恐惧，因为我从中看到了一个完美的用益物权人；这个人除了自我及其活动外，别无他物，没有延续，没有影子，既不会从生活中获得任何个人利益，也不会留下任何印迹，不被任何事、任何人依赖（不承载任何人的命运）。更确切地说，他的日常和人生是只能靠想象留存的（就像作家们笔下的日常和人生）。我看到了牛津死去的灵魂。在它消失后，连威尔都想不起来要在他的门房里抬起手让它复苏一会儿。我不会继续待在牛津，永远也不会成为它真正的灵魂。不过，我还是想到那个反赖兰兹、反高兹华斯的存在，他们比赖兰兹、高兹华斯的运气更差，因为他们的秘密将永远找不到听者或存放地（唯一真正无法为人所知的是活死人的秘密，而不是死人的秘密）。

周日拜访赖兰兹之后的周一、周二、周三，我都没有去想那个元素（周二那天我把秘密告诉了克罗默-布莱克、克莱尔·贝斯两个人，但没得到什么回应）。周四是圣周假期前倒数第二个教学日，我的两节课之间有一小时的空闲，于是我匆匆去了趟布莱克威尔书店。不同于往常直接上三楼去巨大的旧书或二手书区翻找，这次我只上到二层，打算去外国或欧洲大陆文学区转一转，这里有译作，也有各语种的进口原版书。远远地，我看见开膛人亚历克·迪尤尔在俄语图书区，正在翻阅一本厚厚的书——从他乐在其中的样子来看，更像是在朗读。我马上就注意到封面是画家基普连斯基为普希金绘制的肖像，这幅画被广为复制。迪尤尔是十九世纪葡萄牙和西班牙文学的专家（索里利亚[①]和卡斯特洛·布兰科[②]的狂热信徒，曾无比热忱地向我推荐我这位同胞的一首长诗——《那座钟》还是《那些钟》，我记不太清了，毕竟我从没听过他的建议）。一开始我没在意，以为他大概是在做文学比较或神秘研究。他痴迷地读着《叶甫盖尼·奥涅金》（要么就是《石客》——我想应该是这一部，因为可以跟《唐璜·特诺里奥》做比较[③]），没看见我。我不想在泰勒院以外的地方跟他打招呼，再说我只有短短一小时的休息时间。我转身去意大利图书区，从他身后不远的地方经过。他没发现我。几秒钟的工夫里，我看到他面前的书是用西里尔字母写的。我又走远了些以便观察他。他又读了好一会儿那本俄语书，时不时翻页，

---

① 何塞·索里利亚-莫拉尔（1817—1893），西班牙诗人、剧作家。下文所说的《唐璜·特诺里奥》是其代表作，被视为西班牙浪漫主义戏剧的巅峰之作。
② 卡米洛·卡斯特洛·布兰科（1825—1890），葡萄牙作家，其创作涵盖诗歌、散文、戏剧及小说，尤以小说闻名，有"葡萄牙的巴尔扎克"之称。
③ 普希金的《石客》与索里利亚的《唐璜·特诺里奥》均取材于中世纪西班牙的唐璜传说。

甚至还不止呢：好几分钟后，我按捺不住好奇悄悄地走上前，几乎要碰到他的后背了，可他如此着迷，一直没能从某个放荡子营造的深渊中浮出来。于是，我的视线无所顾忌地越过他的肩膀，发现那甚至不是一本在英国出版的俄语书——通常用冗长的脚注或英文前言没完没了地介绍研究成果。那是本地地道道的苏联图书。在布莱克威尔书店的欧洲大陆图书区，这种书并不少见。我听到屠夫在轻声吟诵他阅读的内容——一阵极其微弱的低语，只有凑得很近且一旁的收银机不工作时才能听到——巨大的嘴巴荡漾着恍惚的笑容，温柔而充满节奏感（总之十分陶醉）地念出诗节中抑扬顿挫的完美韵律。不用说，讯问者不单单是在阅读，更是沉醉在俄语之中。

如果眼前这副沉醉模样的人是鲁克，我不会有半点儿惊讶（鲁克声称自己在前殖民地和弗拉基米尔·弗拉基米罗维奇是老相识，是《安娜·卡列宁》杰出的、未来的译者，正如弗拉基米尔永远是《叶甫盖尼·奥涅金》杰出的、过去的译者[①]）。可是开膛人已经掌握了两门外语作为他的职业，如果还会俄语，那他会的可真是太多了，更何况造

[①] 纳博科夫曾耗费近14年的时间将普希金的《叶甫盖尼·奥涅金》翻译为英文。译作于1964年出版，共4卷，其中大部分文字为纳博科夫的评注。

诣已经深到能在公共场合流畅地吟诵其最优秀的诗篇。这时我想起周末那天赖兰兹说迪尤尔是个间谍——事后他肯定会觉得自己说漏了嘴。"办公室间谍。"他说,在他眼中显然是可鄙的;但他在赋予此人这个身份并将他和极具牛津特色的工作联系起来时,没有丝毫犹豫。关于这一点,我本来可以问问他,问问赖兰兹本人,但直到复活节后、三一学期到来,我才再次去他查韦尔河畔的家拜访,并鼓起勇气问了他。那时小孩埃里克病了,克莱尔·贝斯不愿意见我,我在牛津城晃荡的时间越来越长,每天都会碰到乞丐或者走火入魔地想着他们,我还开始频频出入阿波罗剧院旁那家阿拉伯风情的迪厅。赖兰兹一开始想搪塞过去("哦,对,迪尤尔,你们系的。你确定我真说过这话?"),可这让我看到,我若战胜自己的谨慎和对他的敬意、深入打探他的过去,将有何其丰厚的成果在等待着我。于是我稍稍坚持了一下,他坦白了,同时不失他惯有的顾左右而言他和别有用心的细节。"哦,对,迪尤尔,"他接着说道,"布雷齐诺斯学院的,对不对?要不就是莫德林学院?嗯,如果我没记错,他应该已经退休了。他现在多大?五十几岁?你不可能看出他的年龄,打我认识他起,他就是那副所谓的中年人的模样。但不管怎样吧,情报机构会早早地让人退休的,连文职人员也不例外,除非这些人无可替代。我估计迪尤尔就算还没被要求退休,也很快了:这个人神经紧张,是慢性失眠症患者,这对他的身体损伤很大。你知道吗?他必须要有白噪音才能睡着。白噪音,对,是这个词。这是一种小机器,一种声学装置,能发出奇怪的、似乎始终如一的声音,但实际上并不是这样。这种声音几乎听不见,但的确存在,因此可以消除其他所有声音,起到催眠的作用,据说效果不错,在情报机构广泛使用,那儿好多人都有睡眠问题。迪尤尔想必是靠干些额外的活计弄到了一台。他给我看过一次,在他们学院……我记不清是莫德林学院还是布雷齐诺斯学院了……看上去像是一个小收音机,我什么也听不到,可迪尤尔能听到。他从未有过大的作为,据我所知,他也从未离开英国去执行什么任务,做的就是些文职工作,仅此而已,因为他俄语水平极高,这是他唯一的长处。这个人有语言天赋,上学时就学了俄语,后来又学了西班牙语和葡萄牙语,为了满足他所选专业的要求……我想他还会讲好几种其他语言……他本来也可以选择斯拉夫语的,但这样的话,情报机构永远也不会找他做事了。对任何跟苏联人有关的工作来说,斯拉夫语系的人都是无用的。Ta,ta,ta,这样的话,他就永远也干不了任何事了。迪尤尔曾多次被叫到伦敦进行监听、翻译录音、解读语气,或者解读一些特别复杂晦涩的文章,但仅此而已。啊,对了,还有最后一项差事,不过只是偶尔做做……也许他现在还在做……如果有芭蕾舞演员或田径运动员、象棋手、歌剧演员——就是常离开苏联领土的那类公民——利用在我们国家巡演或竞赛的机会出逃……在给这些运动员或歌手(都是些无趣的、机械的人)提供任何帮助、批准避难之前,他们都会叫来迪尤尔,让他用俄语讯问这些出逃者——确切地说,是让他做审查官的翻译,并就出逃者的诚意、善意和对故土的排斥度给出他的看法。不过,现在这种机会越来越少了,不仅因为发生了许多变化,还因为所有人在做出决定前都希望先到美国去……这些人中没有一个……这样的人不多了,我记得最近一次得是两三年前了,有个舞蹈演员落在了他手里,这人后来在美国有了辉煌的前程……我是说,这些出逃者中没有一个能在我们的大街上迈出自由之步,除非事先获得迪尤尔的许可。但这并不意味着他的许可是最终或唯一的,他从没有过这样的重要性:他的工作不过是根据受讯者的语气、声音起伏、用母语回答问题的方式等给出个人判断,而这些是进行讯问的审查官无论如何也无从分辨的。据说,迪尤尔过去和现在都十分享受作为中间人代理询问的角色，以至于人们不止一次怀疑他过于随心所欲。我的意思是，在把那些问题翻译成俄语时，他经常任意发挥，最终让人觉得他脱离了原本的问题，或者加上自己的问题——当然，他不会把自己提的问题的回答翻译成英语。审查官始终无法确认迪尤尔和出逃者之间是否进行了这种私人的平行对话，更无从知晓迪尤尔跟原苏联公民们究竟谈了些什么。要想知道这一切，估计得再安排一名译员，监督迪尤尔的双向翻译，把他用俄语听到和说出的每句话都重新核查一遍并进行二次翻译。这太复杂了，而且还有个风险：就此引发无休止的翻译链条，ta，ta，ta……但可以肯定的是，迪尤尔非常看重他的工作，因为只要他参与讯问，就意味着那些出逃者得在椅子上坐好几个小时，被他的问题轰炸得体无完肤。这些问题都是私人甚至比较私密的，谁知道是不是得体呢。他干这第二份差事的机会不多，估计把每一次都利用到了极致。考虑到他的人生状态，他肯定把这事看成了伟大的冒险。"

我想就是打那时起我对屠夫的好感加深了。倒不是因为他的间谍工作干得有多出色或让人艳羡，而是自从赖兰兹揭示了他的多语言能力和审讯天赋后（现在我更理解他那个绰号的含义了),每次见到他,我都忍不住想象他在伦敦警局的小房间里,跟一个刚刚出逃、战战兢兢的舞蹈演员一起待上几小时的情形。在那几个钟头里,迪尤尔虚伪残酷的面孔会让演员第一次对所谓自由世界并不美妙的前景有所领略,演员会深深怀疑真正的枷锁是被抛在了身后还是就在面前。也许讯问者会像在课堂上当着学生的面那样,把腿跷起来,摇来晃去——由于没有课桌可靠,他那双血盆大口般的皮鞋会交替架在演员椅子的扶手上;也许,还会高高地搭在椅背上;或者更过分,搁在座位上,宽大方正的鞋尖搠进出逃者的两腿间。我忍不住想,舞蹈演员一定是结束了伦敦的演出、在掌声和鲜花中逃离的(此前绝不会),所以还穿着演出服——那种人人都有的罗宾汉式的装束,也许还披着一件世纪末[①]的紫色斗篷御寒。对于穿着紧身裤或长袜的他们来说,迪尤尔的这一做法十分具有威胁性。"这么说你决定走人了,是吗?"开膛人也许会用俄语这么开场,带着轻蔑和不可置信的神情,用"你"来称呼并侮辱他;然后,他嗖地做出要动粗的样子,但实际上除了用他那双系带的大皮鞋极轻微地蹭一下,他很可能

---

① 原文为法语。

永远也不会碰他。"我们怎么能知道你没在骗我们,没在谋划袭击王室?"(屠夫是很威严的。)"哦,没错,"他开始发挥,"我太了解你们这套说辞了:在那儿没有前途,在那儿待烦了,觉得跟囚徒一样,活在桎梏中。"(最后加上这个词是为了震慑对方。)"你们想要更好的生活,你们这些搞艺术的,总是希望有更多光环、更多奢华、更多追捧、更多钱,不是吗?""不全是这样。"那位芭蕾舞演员或许会壮着胆子回答,身上还残留着舞蹈的冲动或者说激情①。但讯问者可不打算任由一个假扮成彼得潘的家伙欺骗:国家安全掌握在他手中,至少在好几个钟头里,在众多战线中的一条上,他是责任人,得全倚靠他的机敏和狡猾才能让一个舞蹈演员——一个潜在的密探撕下面具。迪尤尔第一次虚张声势地抬起了鞋子,那架势既像要提出一个问题,又像随时准备踢对方一脚;但这一次他又把脚放回到地上,鞋子只发出了威严的回响。有人的命运取决于他,尽管只限于那一天。"好,好,好。"他露出了浮夸的笑容——我再熟悉不过了,因为跟他一起授课时,他对自己最厌恶的学生就是不吝抛洒这样的笑容的。开膛人跷起一条腿,一

---

① 原文为法语。

点点踩遍受讯者的椅子（偶尔碾到一点儿皮肉），一边翻译审查官的话，一边加上自己的问题："你为什么申请在英国避难？（告诉我，同志，你从小就喜欢跳芭蕾吗？）""你完全是独自策划逃亡的吗？芭蕾舞团里有没有其他知情人？（同志，告诉我，在苏联，进入一个稳定的剧团难吗？有潜规则吗？）""你认识某个政党领导人或某个政府要员吗？（告诉我，同志，你觉得英国的观众怎么样？很内行？可不是吗，这儿自古就有这个传统。今天的演出反响怎么样？你每天排练多少小时？必须遵守某种特定的饮食计划吗？哪种芭蕾练起来更吃力：古典的还是现代的？尼金斯基还是努里耶夫？你的紫色斗篷很漂亮。你跟舞伴关系怎么样？会争风吃醋吗？）"讯问者从来都不缺问题，鉴于他在牛津城的单调生活，他对什么都感兴趣，现在从苏联人口中听到的内容足够让他在好几场高桌晚宴上聊个没完，他可以表现得对苏联舞蹈演员的生活和习惯了如指掌，在饭桌上让同伴惊羡赞叹。最终，屠夫总会批准出逃者的申请，可能仅仅是因为提了这么多问题、得到这么多回答之后，他已将此人看作朋友或至少是熟人了，熟悉程度甚至超过这座城市傲慢严厉的教授们——他在这里教了几十年书，成天看到他们，却从未对他们有任何了解。漫长的几个小时过去了,开膛人转向审查官,点了点头。"给我来点伏特加。"他向那名在阴影里陪着他们、整个审讯过程中都贴着墙沉默不语的警察下令,"这个人肯定希望庆祝一下自己的新生活。为健康干杯!①"

赖兰兹曾暗示,在这种场合,可怜的迪尤尔可能会觉得自己重要且勇猛;从普希金事件来看,可能他需要机会将自己无与伦比的俄语知识付诸实践;也有可能他是想利用这个场合愉快地聊上几个钟头,因为这人不能回避他,而且除了回答他的问题别无他法。他可以直截了当地询问此人故乡的风土人情,他的家庭、朋友、童年、政治观点、宗教信仰、爱情、性取向、职业生涯以及职业所迫的种种屈从,还有莫斯科地铁、俄式美食、当地物价、苏联文学的现状等等。(大部分情况下,让他感受到冒犯并怒火万丈的是,这些问题他得不到回答——象棋手、舞蹈演员和体操运动员几乎一无所知。"必须回答我所有的问题!听到了吗?哪个问题都不能不回答!")

这个神秘的家伙瘦骨嶙峋,彬彬有礼,嘴巴巨大,头颅尖尖,颧骨很高,活像是从奥托·迪克斯的肖像画里走

---

① 原文为俄语。

出来的(他的残忍是儿童式的,也就是说,只能吓唬住孩子气的人,比如那些年复一年传播他那三个血腥绰号的学生)。他对俄语有一种特定的喜好,正如他对西班牙语中有四个或更多音节的单词感兴趣一样(ena-je-na-mien-to,tra-ga-sa-bles,sin-gla-du-ra,va-sa-lla-je)①。除大学城的生活以外,他没有别的人生。我之前提过,我有一位前任(跟我一样惶惑),他断言牛津是一个对一切都无动于衷的、冷冰冰的、封存在糖浆里的城市。而迪尤尔是牛津城的又一个单身汉,古老教士传统的又一个继承人,一个死去的魂灵。然而,他还另有一种微不足道却不同寻常的人生。在那些屈指可数的日子里,他被紧急召唤到伦敦,因为某位游泳运动员、撑竿跳高运动员、大提琴手或舞蹈演员(最后这类人肯定是他最喜欢的)逃离了自己的队伍、乐团或剧团,申请政治避难。于是,他急匆匆地跑出自己笼罩在白噪音中的布雷齐诺斯学院的房间(出门时死去的魂灵忽地跳了一下),乘火车经过迪德科特、雷丁、斯劳、索撒尔抵达帕丁顿车站,再挤进拥挤不堪的地铁前往市中心。这一刻,他肯定觉得自己是那所大学最重要、最神秘

---

① 分别意为"疏离""表演吞剑的杂耍艺人""航行日""臣属"。

且最有智慧的人，比副校长重要，比校长重要，比副外长重要，甚至比外长本人还神秘、还富有智慧。所以，每当我看到他戴着厚厚的眼镜，在高级教员休息室、办公室、泰勒院的图书馆或对面伦道夫酒店的茶室读报纸时，我就会想象，他或许正贪婪而心跳加速地搜索娱乐和体育版面，看看是否有来英国演出或参赛的苏联芭蕾舞团、国家乐团、运动员或棋手团队。如果看到这类预告或者演出评论，他肯定会向赫尔墨斯祈祷，请求这位掌管旅人和竞技、窃贼和雄辩、躁动和梦想的神祇在夜晚为某个人注入勇气，说服他躲过监管，开启逃亡。

如今迪尤尔的日子越来越难。他一成不变地度过了一天又一天，没有任何事情发生，没有一个来自伦敦的电话。于是，他越来越无视电话的存在了。现在他也许会毫不犹豫地驱逐任何声音，用白噪音永远地抵消它们。现在我已经跟他不一样了，不是一个孤独的人，也不是一个活死人，但有一段日子，我以为我也是这样的人呢。

我只见过一次小孩埃里克,或者说儿子埃里克,那是他意外滞留牛津城的最后几天,当时我的情绪也失衡到了极点(困难的状态即将终结,但它并不与当前的困难相对立,因为当前的困难已持续了若干时间——真正持续了多久并不重要——使人们感知到其持久乃至无尽;我的意思是,即将终结的困难状态并不足以有力地宣告正在终结的一切已然终结;真正占据上风的是恐惧:恐惧因某种偶然——坏运气,预料中的未来会意外翻转,这漫长而煎熬的当下会无限地持续下去。于是,你非但不会逐渐放松,反而更加焦虑,对未来也只剩疑惧)。那次见到小孩埃里克时,我也唯一一次见到了他的外祖父,即克莱尔·贝斯的父亲,那位现居伦敦的退休老外交官。三十年前,他总是在花园的一角注视着女儿——孩提时的克莱尔,而克莱尔在等待,等待火车从横跨亚穆纳河的铁桥上驶过。(那时,沉默的父亲身上满是烟味、酒味和薄荷味。)

相遇发生在这座城市最重要的博物馆里——阿什莫林艺术与考古博物馆。这座建筑在十七世纪末举办了王国的首个自然与历史奇珍公共展览（确切地说是博物馆举办的，而不是建筑本身，因为直到两个世纪后，这座建筑才成为这些奇珍的归宿）。[①]我并不常去，因为那些珍品通常看一次就够了。但在我独自度过的第二个三一学期的第五周的一天，我从泰勒院走了二十多步来到阿什莫林的图书馆（两者相邻并成直角，就像同一幢大楼的主体和侧翼），查阅弗拉芒人安东·范登·韦恩加德（又称安东尼奥·德拉斯·维尼亚斯）在十六世纪中叶绘制的西班牙城市图。他是费利佩二世的御用地形测绘师和画师。（我走了二十多步去看这些画作，是受在马德里做建筑史研究的弟弟所托。但委托范登·韦恩加德绘制这些图的人不是他，而是当时牛津人口中的"南方魔鬼"[②]。）这些藏品不对外开放，在一位和气的红发馆员的许可下，我观赏、测量并记录了这些城市图像的数据（用了钢笔、棕色墨水和水彩）。一种奇异

---

① 阿什莫林艺术与考古博物馆（简称阿什莫林博物馆），牛津大学五个博物馆中最大的一个。其首座建筑位于宽街，落成于1683年，并作为英国首家公共博物馆对外开放。现址建筑位于博蒙特街，落成于1845年，其一侧为泰勒研究院。
② 费利佩二世（1527—1598），西班牙哈布斯堡王朝的第二位君主，其统治时期西班牙帝国达到鼎盛。因血腥镇压新教徒，他也被称为"南方魔鬼"。

的感受涌上心头：我似乎异常精确地看到了黄金世纪的城市轮廓，那些从斜上方俯瞰的城市景致——桑卢卡尔-德巴拉梅达、马拉加、塔拉戈纳、直布罗陀、塞哥维亚，还有巴伦西亚的湖泊与海港。换句话说，我看到了我们这些南方城市遗失的面貌，这些几乎被忘却，但只要我愿意就很快能回去的故城：结束三一学期（也就是结束这一学年）我就可以回去了，只差长长的三个星期了。走出博物馆时，带着这种奇异的感受，我突然意识到——客观来说——过不了多久我就要离开牛津回到马德里了（尽管还不是真正回到马德里、留在马德里）。就在博物馆门口（或者说旋转门处），我与三个人擦肩而过：父亲、女儿和女儿的儿子，或者说，我的情人及她的父亲和儿子。在牛津，我已经跟另一个女人有过两次这样的相遇（第二次就在不久前，不过我不太有把握），跟前两次一样，我并没有立刻意识到她就是克莱尔·贝斯，直到我站在博物馆外、他们走到了里面，一扇门将我们隔开时，我才反应过来。但一切都发生得很快（我的意思是，我很快反应了过来。她以往总是独自一人或者跟丈夫同行，这次我没留意到她，或许是因为她和别人在一起，因为那扇旋转门，又或许是因为我还沉浸在范登·韦恩加德笔下桑卢卡尔的鲜活记忆中），让我有机会立刻折返,并在门厅看到了他们——他们正在那里饶有兴致地翻看出售的明信片和幻灯片。

我本无从得知挽着她胳膊的那位老绅士是不是她的父亲,外交官牛顿先生(克莱尔·牛顿,克莱尔·牛顿!——克莱尔·贝斯婚前应该就叫这个名字),因为我从未见过他,连照片也没见过。但我立刻就知道了。我立刻就从他们惊人的相似中认出了他(也许是可怕的相似)。他皮肤松弛,眼睛下面是很大的眼袋,完全秃了顶,还有些驼背,拄着拐杖才能勉强地维持体面,但他却长着一张我无比熟悉的脸——简直是一模一样。那个死尸模样的老人就是克莱尔·贝斯,我仿佛置身一场噩梦,她以这个风烛残年的男人形象出现,而这分明就是她本人。我躲在一根柱子后远远地观察他们——小孩背朝我,他俩则都正对着我。如果说进门时她也没有注意到我的话,现在她肯定看到我了——我的脑袋和身体从那根柱子后探了出来(其实我并不指望它能遮掩我,而是希望它庇护我)。当她的两位同伴不在看她也不往我的方向看时(他们聚焦在幻灯片上),她用右手做了个手势,示意我走远些,让我走开,消失。但就在这时,她的儿子埃里克仿佛后脑勺上长了眼睛,又或是感应到该回头——也可能是因为那只手迅速而隐秘地下达驱逐令时,他听到了镯子叮当作响的声音——突然转身看向了我。不用说,他把我和他母亲联系在一起了。这孩子转过身,不再留心幻灯片、明信片和外祖父说的话(只是一会儿的工夫)。当我们的目光相交,我终于看见了他的脸。这是我第三次看到那张脸,一模一样,我如此熟悉的克莱尔·贝斯的脸,我一次次亲吻并被吻过的脸。我想,这张脸吻过我,很久以前它也是外交官牛顿的脸,又在不久前成为小孩埃里克的脸。他的名字是埃里克·贝斯。这是同一张脸,它以某种化身、形象、表现或再现亲吻过我,因为我从未见过如此彻底、精确、排他的相似。他们三人传递着彼此的容貌特征,排除了所有其他的可能(比如一位母亲和一位父亲的特征,即第一个克莱尔·牛顿和爱德华·贝斯的特征),毫无保留、毫不吝啬地传递——我的意思是,连一个细节也没遗漏。与我们常见的那些随意且不可预测的相似不同——那些相似通常是重现一个、几个或多个特征,不会全盘复制,又或者这些特征会逐渐变化(随着反复无常的时间流逝和毫不宽容的年岁增长变化)——在他们这儿,这种传递既彻底又平稳,在三代人身上都是如此:同样深蓝色的眼睛,同样浓密上翘的睫毛,同样笔直小巧的鼻子,同样棱角分明而坚定的下巴,还有白皙的脸颊、坚硬的额头、厚重的眼睑和苍白宽大的嘴唇。我暂时看不到更多了,因为小孩埃里克又转过身去,背对着我了。外交官牛顿先生买了某幅画作的复制品(约莫一页纸大小,具体是什么我看不清):一幅缩小或放大的作品,一件相似物。三人向展厅走去,克莱尔·贝斯不再看我了;相反,她试图掩饰并对我视而不见(我猜她已经明白了,我不打算顺从也不打算理睬她隐秘的手势和命令)。我等了几秒钟,然后跟在他们后面,打算他们去哪儿我也去哪儿。"看来是带小孩埃里克来逛博物馆。"我这样想着,实际上并不愿意这样想(我希望想一想他们的相似;又或许正相反,我不希望去想他们的相似,这反而逼着我去想了)。"克莱尔·贝斯跟我说过很多次了,可他多大来着?八岁?九岁?从身高来看,他像是九岁的孩子,但也许他比同龄人要高,因为他父母都很高,外祖父也是,他也可能只有八岁,或者七岁,甚至更小。这不是来博物馆的年龄。我不会在孩子七岁时带他逛阿什莫林博物馆,就算是他生病在家、无聊透顶也不会。"我一边走一边想,"看来他病已经好了,很快就可以走了。我也是,也很快就要走了,可现在我不是很确定我是否想走。"

他们走走停停，看希腊雕塑，看乔舒亚·雷诺兹的肖像画，看中国的瓷器，看古罗马的钱币。他们什么都看。我根据展厅的大小，根据我在每一件展品前停留时能装出来的专注程度，来决定走得近一些还是远一些，但始终礼貌地跟他们保持着几米距离，几乎听不清他们在说什么——也因为他们声音很低，在英国的博物馆就是这样，在西班牙永远也听不到这么低的声音。我总是在他们身后，勤谨地尾随着。他们走动时我能看到背影，他们看展品时我能看到侧影（其实也就是四分之一的他们），始终没能看清他们，但我宁可如此，暂时不要再看到这几张一模一样的脸。克莱尔·贝斯牵着小孩埃里克的手，她的父亲拄着拐杖略微落在后面，她似乎并不打算等他，不打算让儿子的步伐跟外交官牛顿先生缓慢艰难的步伐相吻合（仿佛来博物馆是孩子和她的事，而外祖父并没有受到邀请，却非要陪他们，只是个附属品或者闯入者。他走在后面，就像有保姆的人家，母亲在场带孩子时，保姆就走在后面）。外祖父话也不多，克莱尔·贝斯说得多一些，一直在跟小孩讲话，我时不时会听到她的只言片语。

在阿尔弗雷德宝石前（这件九世纪的珐琅器是阿什莫林的镇馆之宝），我听见她对着阿尔弗雷德大帝的肖像，高声朗读环绕在上面的镂金古英语铭文（像所有父亲或母亲那样）："你看，埃里克，这儿写着'Aelfred mec heht gewyrcan'，意思是'奉阿尔弗雷德之命将我制成'。看到了吗？这是珍宝自己说的话。这件珍宝开口告诉人们自己的来历。十一世纪前它就是这么说的，它还会一直说下去。"小孩埃里克没有任何回应。

不久他们又上了楼，来到伦勃朗一幅简洁而未完成的画作前。画中人是画家的妻子萨斯基亚，正躺在床上熟睡（但并非真正意义上的卧床，而是穿着衣服或睡袍，身上盖着毯子，就像康复中的病人）。我听到克莱尔·贝斯跟孩子说："这几个星期你差不多就是这样的，是不是？不过你有电视。"她摸了摸孩子的后颈，手镯又叮当作响了。她注视着那幅画像："等我老了，就是这个样子。"她肯定不知道，萨斯基亚在比她现在更年轻的时候就去世了，从未活到老年（也许她把疾病和老年混为一谈了）。小孩埃里克什么也没说，又或许是我没听到（他看上去很有教养、很温和，即使说了什么我也听不到）。

再后来，他们停在了一尊广东产的金漆木雕前（其实是上世纪的仿品）。那是马可·波罗，胖胖的、有着浅色的眼眸，被塑造成了中国人的形象：他戴着一顶窄檐低冠的黑帽,脚蹬同色的木屐,两撇漆黑的胡须向脸颊两侧翘起。我听到克莱尔·贝斯说:"埃里克,你看,这是马可·波罗。他是个意大利旅行家,竟然十三世纪就到过中国,那时还很难到那么远的地方呢。由于回来更困难,他就留在那里了,待了很长时间,样子都变得像中国人了,你看到了吗?但他是意大利人,威尼斯的。你看,他的眼睛是蓝色的。真正的中国人没有蓝眼睛。"小孩埃里克依然没出声,或者说,我听不到他在说什么。克莱尔·贝斯的话也几乎听不清:不用说,她对我的不服从和尾随感到恼火,所以尽量压低声音并迫使孩子也这样做,仿佛不乐意我参与她的家庭世界(这和她最近四个星期的决定是一致的),尤其是母子和父女的世界——血缘世界——哪怕是听听也不行。不过,她丈夫我是认识的,我说过,有时我们仨甚至在克罗默-布莱克的陪同下一起吃午饭或晚饭。现在她不愿意让我在旁,我想,我之所以能听到她的一些话是因为她想让我听到,那些能被我听到的话语不是出于巧合,克莱尔·贝斯抬高声音是要让我明白些什么。"她谈马可·波罗时是在影射我,她这段话是讲给我听的,因为人们不会用这种口吻跟七八岁的孩子说话,这个年龄已经算是个大人了。除非小孩埃里克有幼稚病,必须把他当成更小的小孩看待——也许这几周来,她让孩子变得更童真了。不过,也有可能他年龄比我想象的小。我发现我看不出孩子的年龄,也基本不会估算大人的年龄。我还发现,除了我已经了解的女人,比如克莱尔·贝斯,我对女人越来越有欲望,却越来越不愿意了解她们。我想要她们,却并不想了解她们,比如我想要缪丽尔时,就没有问过她的情况;我想要布朗餐厅迷人的女侍者时,也并不好奇她们的情况。除了心绪失衡,这种状态是否意味着什么?但对于克莱尔·贝斯,我是想了解的,越少见到她,就越是希望了解她、努力琢磨她,否则我就不会在阿什莫林转来转去而忘记了范登·韦恩加德,明明那才是把我带到这儿的原因(我口袋里还装着他的资料)。她谈到那尊雕像时,抬高声音想让我明白,一个人如果在并非自己本源的地方待太久,最终就会变得不属于任何地方,会变成长着中国面孔和蓝色眼睛的人,就像这尊马可·波罗的雕像。可我并没有在这里待很长时间,我不是出逃者,也不是移民,再说,我很快就要走了。也许这个夏天我就要去桑卢卡尔-德巴拉梅达,我喜欢画中那些港口、城堡、教堂、公爵府、海关。四个世纪前的景象如今已不复存在,或从未真正存在,因为画中的视角本就基于想象,正如我对牛津城的认知或许也出于想象。"我又想:"她也知道我很快就要走了,她算过,只有不过三周多的时间,三一学期就要结束了,尽管如此,她仍在对我说——不是用手势或眼神,也不是像在门厅那样含蓄地暗示,而是如此决绝和直击要害——让我走,让我离开,让我即刻就从牛津和她的生活中消失,不要再等待。问题是我并未在她的生活中待太久。我几乎可以走了,因为几乎没课了,也许时候已经到了,比我预料的要早。我必须跟她谈谈,不能通过电话,也不能像平日那样匆匆忙忙、总是从见面的第一刻起就准备好要分别。我必须见她,我们必须要有时间,见面时不要那么匆忙,不要钟声,什么也阻挡不了我,至少要有这么一次。"

博物馆里几乎没有其他人,只有几个不耐烦或迷路的游客在展厅门口探头探脑,又什么都不看就离开了。馆员昏昏欲睡地坐在椅子上,如同午睡醒来仍在庭院里出神的安达卢西亚人。只有这些人和一个三代同堂的家庭,以及一个孤独的人、一个外国人。在牛津待了不算长的时间以后,这个人也许已经不那么像外国人了,谁知道呢,也许这个人是英国人的做派,却拥有南方人的眼睛。这个人在他们身后几步远的地方,机械地看着他们看过且可能立刻就忘记的东西,带着(不完美的)牛津教授的模样,在他们走出博物馆后仍然跟在他们身后,走过灰红相间的街道,走进同一家餐厅——时间还早,但孩子随时都会饿,午饭吃得也早。这个人孤零零地坐在他们对面的一张桌子前,跟父亲、女儿和女儿的儿子成一条直线。他十指交握,祈祷没有人占据他和他们之间的那张桌子,否则他的视线就会被挡住,看不到这几张完全相同的脸了——现在他一门心思想要看到他们,观察他们。

小孩埃里克坐了下来,仍背对着我,面对着母亲;外祖父则坐在母亲左侧。如此安排肯定是因为克莱尔·贝斯打算继续和儿子说话(她不理睬外交官牛顿,不尊重他,以冷漠来对待他)。现在他们的谈话我听得更清楚了些,虽然实际上他们也没说什么,只是在看菜单和用餐时零星地评论几句,断断续续的。"我要吃香肠。"我第一次听到了小孩的声音。"我认为你在这儿不应该吃香肠,埃里克,"克莱尔·贝斯对他说,"这儿的香肠不会比家里的好吃,其他东西可能好一些。头盘为什么不点芦笋呢?那次在姑姑家你挺喜欢吃的。咱们家几乎从来不做芦笋,我想你在布里斯托尔也不常吃吧。""我不喜欢芦笋。我能用手吃吗?"我看到克莱尔·贝斯假装责备地看着他,接着又故作犹豫地说:"好吧,也行。""我倒是想吃芦笋,但要配上炒蛋,"

外交官牛顿先生插话道,"埃里克,这样你是不是更喜欢?这道菜里还有鲑鱼,你喜欢鲑鱼吗?""我不知道。"小孩埃里克说,然后接着看菜单。这位退休的外交官要了白葡萄酒,克莱尔·贝斯要了水。他们开始吃头盘时,我还在等我点的菜(鲑鱼芦笋炒蛋)。克莱尔·贝斯问儿子:"埃里克,博物馆里的什么东西你最喜欢?要是能带回家,你打算把什么带回去?""硬币,"小孩埃里克说,"还有雕像。中国雕像,涂了颜色的那种。学校里有个男孩收集硬币,但是雕像不能收集,对不对?""那可有点贵。"外交官牛顿露出了老人的笑容,他的牙齿跟克莱尔·贝斯的一样(但是更显透明,或许像阿拉巴斯特太太那样做了牙冠,又或者跟托比·赖兰兹一样戴了假牙),"而且雕像的数量要少得多。""那么我也想收集钱币,你们给我一枚吧,让我现在就开始好吗?"小孩埃里克说。克莱尔·贝斯和她父亲各掏出一枚硬币,他从外套的口袋里,她则是在包里翻找了一会儿。她总是把包随意地扔在我的卧室、伦敦或雷丁的酒店房间里(有时还会把包整个倒过来)。我想起去年的盖伊·福克斯日(就在上学期,十一月五日那天),我把硬币扔给了孩子——不是给埃里克,那时他还没生病,不在场。当时我们在她万灵学院的办公室,在卡特街,正对着拉德克利夫图书馆。那是我们相识九个月之后。从那时到现在又过去了七个月，七个月后一切如常，除了日期什么都没有改变：我认识克莱尔·贝斯好久了，什么都没有改变过，只是现在我见不到她了，而且很快就得离开了。我不介意也给这孩子一枚硬币。"不过，你别把这钱花了，"外祖父提醒他，"你要是能把钱存起来，真正开始收藏的话，我就从伦敦给你带一些意大利、埃及和印度的硬币。"他又转身看着女儿："我记得家里还有几枚。我们那时经常去旅行，是不是？现在我已经不出门了。"克莱尔·贝斯没有回答，而是继续吃她的鲑鱼芦笋炒蛋。他们快吃完第二道菜时，我才开始用餐。克莱尔·贝斯说："星期天又要去布里斯托尔了。什么？跟我在这儿待这么久很无聊，是吗？""不。"小孩应道（他还分辨不出什么是撒娇），没再多说什么，就接着吃香肠了。我认为克莱尔·贝斯这次仍是说给我听的，我心里暗暗答道："是的，没有她，在这儿待这么久很无聊。"

餐厅里人逐渐多起来了。吃饭时，埃里克始终背对着我。由于他是个孩子，个头不高，我能越过他的后脑勺看到他母亲的脸——克莱尔·贝斯的面庞终于又出现在我眼前，在我正对面，但她一直没看我。坐在她左侧的外祖父的脸我也看得清清楚楚。由于我们都坐着（但她一直没看我），比起在博物馆门厅和展厅时他们或站立或走动的样子，我现在看得更清楚了。用餐快结束时，我已经逐渐习惯他们之间惊人的相似了——父女之间可怕的相似，还有外孙与外祖父重叠的后颈轮廓。就在这时——还没吃完甜点，埃里克请示离席（他很有教养）。他站起来，转过身，经过我的桌旁，向洗手间走去。在越过我之前，他只走了几步（四五步），但就在这四步或五步里——一步、两步、三步、四步，或许五步——我得以清晰地、近距离地且同时看到三张一模一样的脸：坐着的外祖父、母亲的脸，还有行走的儿子的脸。孩子在这几步中看向我，就像在博物馆门厅转身时那样。毫无疑问，他再次把我和该关联的人关联了起来（但他什么也不会说的，因为他很有教养而且很温和）。当母亲和外祖父望着儿子或外孙走去的方向时，也将不戴面纱的目光投向了我（这是她在餐厅里的第一次，是他在自己人生中的第一次）。就在这一瞬间，三人同时不戴任何面纱地望向我（我心里知道，尽管我并未与之对视，只是在看用四五步走向我的小孩埃里克）。在这区区几秒钟里（即孩子迈出这几步的时间，他们脚步急促，从不会慢慢地走），我就足以在当下（而不是在博物馆的门厅）从孩子身上发现一些什么。这个"什么"就在当下（而不是在博物馆的门厅）有了名字：在小孩埃里克深蓝色的眼睛里，我看到了所有人都或早或晚会有的落寞感。"这不完全取决于年龄。"托比·赖兰兹说过（他说这话是在圣周之前，希拉里学期还没结束，三一学期尚未开始，小孩埃里克也没因为生病而在意外的时候回到牛津），"有人从孩提时代起就这样了，有的孩子已经有这种感觉了。"他原话如此，而这恰恰就是我在几步之间看到的：有一个孩子已经有这种感觉了。但是，我不仅在孩子的脸上看到了这一点——因为相同，因为相似，因为亲缘，因为惊人且可怕的相似——我也在老人和女人的脸上看到了（我之前从未在她脸上看出或看到过）。我那么熟悉、那么多次亲吻也被其亲吻的脸。我说过，这三人传递了彼此的容貌特征，没遗漏任何一个细节，也同样传递了落寞。"所有人都或早或晚会有的落寞感。"我想着，记了起来，又陷入思索。"亲吻孩子，亲吻老人。"我想，"我曾亲吻他们，也曾被他们吻过。按艾伦·马里奥特的说法，有些想法本可以关联也可以不关联，但一旦关联，就会造成恐怖或引发恐惧：孩子和亲吻，亲吻和老人，小孩和老人。老人可怕的另一半是小孩，小孩可怕的另一半是老人。亲吻和小孩、小孩和亲吻，亲吻和老人、老人和亲吻，我的吻（这是三种想法，还要加上夹在其中的克莱尔·贝斯）——这吻由不同年龄、性别的人传递，却出自同一张脸，是同一张脸的化身、形象、表现或再现。这三个人的吻都来自已经接受了这种落寞感的人，魔鬼般的——令人敬畏的——赖兰兹和生病的克罗默－布莱克都已经有了这种感觉，而我还没有（赖兰兹四十年前就有了，克罗默－布莱克不知是从什么时候开始有的。乞丐和盖着毯子的萨斯基亚也了解这种感觉，但我不了解）。这个吻来自多年来一直允许死神靠近的人——正如赖兰兹所说；属于一个知道自己得在某个特定的时刻就得放弃一切的人——这也是赖兰兹的话。外交官牛顿老先生知道这感觉，这很正常。曾用名为克莱尔·牛顿的克莱尔·贝斯有这种感觉，也可以理解。但问题是小孩埃里克也有这感觉，他叫埃里克·贝斯，才九岁、八岁或者七岁。第一次见到他们三人，在他们深蓝色的眼睛里，我就看到了夜幕下亚穆纳河明亮清澈的蓝色水流，河面上长桥的栏杆纵横交错，桥上的邮车来自莫拉达巴德，车身摇摇晃晃、色彩斑斓。我还看见了沉默的外交官父亲（忧郁却并不衰老）。他身穿礼服，手持杯子，望着女孩。女孩也在注视着什么，保姆对她耳语（她的名字是克莱尔·牛顿），或是给她唱那若有似无的歌。也许是蓝色的水流（或者是黑色的，因为是夜晚）反射的光带来了落寞的感觉，负重的感觉，眩晕的感觉，坠落、妊娠和失重的感觉，虚假的丰满和绝望的感觉。这感觉已存在于我所见到的目光中——那是九个月再加上七个月前的一次高桌晚宴，隔着另一张桌子，在一分钟的时间里，我曾凝视的目光。而这感觉却不在我的目光中。十六个月之前同样的那一分钟里，我的目光也出现在他人的凝视中，其中映出四个孩子，他们由一位老保姆陪同，走过赫诺瓦街、科瓦鲁维亚斯街或者米开朗琪罗街。我非常惶惑，尽管我的惶惑一向不乏条理和逻辑，它轻微、合乎逻辑、有连续性且转瞬即逝，可现在却比任何时候都强烈，因为我正思索这一切——孩子、老人、吻、河流：宽阔的亚穆纳河贯穿德里；查韦尔河畔住着赖兰兹，他在河水中看到了时光的流逝；埃文洛德河和温德拉什河之间有怀奇伍德森林（曾经是森林）；埃文河，埃里克就在这条河边学习；瓜达尔基维尔河，它在桑卢卡尔注入大洋；还有伊希斯河，这是离我最近的一条河，也许是我呕吐的地方。惶惑让人多么疲倦；惶惑地思考以致思考过多更是让人身心俱疲。胡言乱语一向来自思考，这种思考有韵脚，摇摆不定，随意停顿。我必须停止思考，停止把不同的想法联系起来，停止联想以免建立太多联系；相反，我要代之以言说，这会让我停止思考，让我喘息。我要跟赖兰兹、克罗默-布莱克、卡瓦纳、屠夫或者缪丽尔（但我没跟她要电话）谈谈，还要跟克莱尔·贝斯谈谈，向她提议，不要告别，不要分离，我要告诉她让我参与这落寞的感觉，大家都有这感觉，只有我没有，也许其实不难，只是我没有经历过。"

小孩埃里克从洗手间回来时，我只听到了他急促的脚步声，感到气流擦身而过。我这时没在看任何人，我在买单，他们还没撤掉我面前没吃完的香肠。我放弃了甜点，我知道假如我赶不及到家，来不及奔到垃圾桶旁，伊希斯河就在不远处。

就在第二天，我决定在跟克莱尔·贝斯提议之前，先去找我最好的（或者说唯一的）朋友克罗默-布莱克商量。在真正的考验到来前，我们需要去朋友那里检验自己的口才，让他们提前参与我们没信心成功的计划（以此减轻失败的痛苦），期待着从他们那里获得鼓励，听到我们日后真正行动时希望得到的答案，尽管我们到时候也许并不能听到这答案。

我没打招呼就直接去找他了。结束了上午的课程，像以往那样，我从他的学院经过。我想他在房间里，最不济是忙于某个学生的功课，我可以在门外等他们结束。上楼时，还在楼梯上——也是三层——我就听到了他的声音。我想，他果然在跟学生谈话。这个学生也许正坐在他对面，在沙发上昏昏欲睡，假装赞同他对《暴君班德拉斯》[①]或《自

[①] 西班牙作家巴列-因克兰（1866—1935）于1926年出版的小说，讲述虚构国家的独裁者桑托斯·班德拉斯的垮台过程。

悼录》①发表的宏论。我没有立刻敲门,倒不是因为想偷听,而是为了确认他是否在忙,并以此迅速推断出是否值得或适合等在那儿;是等到他的讲解结束(如我所说,就站在门外),还是推开门告诉他我有急事要谈,待会儿再来,然后去别的地方转转。但当我来到门前,清晰地听到的第一句话(不是小声嘀咕的)就让我没了主意——我愣了好几秒(一秒、两秒、三秒、四秒,或者五秒),等回过神来,一切都太晚了,我什么决定也做不了了。我迈不动步子,既不能跨进屋子,也无法走向楼梯。

英语中有一个动词,无法被直接翻译成西班牙语,就是"eavesdrop",意为"刻意地、秘密地、偷偷地听",是蓄意地、非偶然地、非不情愿地听(反之则是"overhear",意为"无意中听到")。这个单词由两部分构成:"eaves"是"屋檐","drop"则有好几个意思,但都与"滴"和"滴水"有关(偷听者站在离房子很近的地方,待在雨后屋檐滴水的地方,从那里窃听屋里人的对话)。弗拉基米尔·弗拉基米罗维奇·纳博科夫曾讨论过十九世纪小说中"eavesdropping"的使用,尤其是在莱蒙托夫的《当代英雄》中。纳博科

---

① 西班牙作家拉蒙·戈麦斯·德拉·塞尔纳(1888—1963)于1948年出版的回忆录。

夫虽然不在牛津而是在剑桥学习，但我确信他在二十世纪二十年代肯定有机会发现和我在牛津时相同的事情："eavesdropping"不仅在过去和现在通行于这两座城市，而且永远是获取准确信息的最佳办法（尽管原始），可以避免自己成为不拥有也不传播信息的边缘人。正如纳博科夫提到莱蒙托夫那部小说时所说，在牛津（我估计还有剑桥），"eavesdropping"变成了"命运中几乎难以察觉的日常"。在泰勒院的走廊里，我见过庄重且故作严肃的教授屈膝（裤子沾了灰）透过锁孔张望；或者趴在学院的地毯上（像印第安人那样，长袍散开宛如晕开的墨迹），把耳朵贴在门缝上；或者在哥特式的窗户前用望远镜（日本的，大品牌）扫视；更不用说在伦道夫酒店的茶室，不关注自己的谈话，而是忙于捕捉其他桌上飘浮的话语；或者在高桌晚宴上，不顾体面地伸长脖子（尤其是在甜点环节，餐巾早已污渍斑斑，不堪入目）。但我从没有自己站在屋檐下过。那是我第一次这么做，而这么做让我感到自己融入了他们（几乎是在快结束时才暂时地感受到）。第一句清晰地传到我耳边的话吐自克罗默－布莱克失血的双唇。更确切地说，我认为这句话是我偶然听到的，而非别的。但之后，我承认自己确实在"eavesdropping"。

"来,求你了,对我好点嘛,跟我睡吧。"这些词或这个句子是我听到的克罗默-布莱克说的第一句话。接下来的几秒钟,在我呆立在原地的时候,我这位朋友又说道:"只要一次,再来一次,求你了,不管怎么样,这是最后一次。"回答的声音很年轻,比他年轻,听起来令人不太舒服,有点沙哑的感觉,仿佛这个年轻人不知怎的没有完全变声,但也没年轻到未发育完全。他像是个反串女声的人。他的回答没有怒气,很有耐心,很自信,像个老相识:"你别坚持了,我跟你说了不行,都结束了。再说,达亚南德说你病了,你不该太累,他说这很危险,对我来说也是。他说的。"他的发音很粗糙,跟缪丽尔差不多,听着有点像机械师布鲁斯(但不是他,他的声音很低沉),就像一个人把"城市"说成"陈四",把"您"说成"宁",把"无知"说成"无滋",把"剩余"说成"慎余"。我立刻想到,这个人不可能是学生(不会是年轻人博顿利),因为这粗糙的发音,也因为克罗默-布莱克就算是恋爱了或者绝望了,也不可能做这种傻事:在牛津,没有比对学生"性骚扰"更加严重的指控了——哦,还有更糟的(而且有可能发生),就是"moral turpitude"①,又一个源于拉丁语的词(不过已经英文化了),是对赤裸裸的"侵入"的精妙隐喻。"啊,达亚南德,我们无所不知的医生是这么说的。"克罗默-布莱克开口了(也许是自言自语),恢复了讽刺的口吻,这才像他,而不是乞求——听到他乞求的语气,我感到很不舒服。"达亚南德完全不知道我的身体状况,他这么说是为了让你远离我,为了消灭我,他早就不以医生的身份看待我了,就像我现在对你说生病的人是他一样。说某人病了向来是诋毁这个人的方式。是干掉他人的方式。我确实有不舒服过,但是现在我已经好了,痊愈了,难道我看上去像是病人的样子吗?"我两三天前见到过克罗默-布莱克,他的气色不错。在我的想象中,在门里边,他依然有着不错的气色。我暗自揣度这个说话的年轻人是不是那个"杰克"。许多个月前的那个夜晚,我初次见到克莱尔·贝斯(她的面庞还有那优雅的领口)后,克罗默-布莱克说漏了嘴的名字。我等着他——克罗默-布莱克——从嘴里吐出一个称呼来,好让我弄清楚那人是谁。但现在我可以说,在我整个"eavesdropping"的过程中,他都没

---

① 意为"道德败坏"。

有说出来。

"是啊,你气色很好,"是那个年轻人的声音,"但这无所谓,一切都结束了,不可能了。再说,不管怎么样,达亚南德都会生气。""那么我生气就无所谓了。"沙哑的声音温柔了一些:"我当然在意,但这不重要,事情就是这样。"接下来就是持续了很多秒的停顿(也许是接吻的停顿,接吻时只能沉默),然后这个声音又开始说话了,这次是粗暴的抗议(更有年轻人的活力,却更让人不舒服):"放开我!停下,停下!你弄疼我了。""对不起。"克罗默-布莱克说,语气中再次现出了乞求,"可是求你了,请你同意,我向你发誓这没什么危险,达亚南德也不会知道。我只希望我们躺下,让我稍微抱抱你,很久没有人抱过我了。""那你就去别的地方找吧。"声音很刻薄(是教授拒绝给一个乞丐钱并且驱赶他时的语气)。那时,我感到脸在发烫,既羞愧又生气。让我恼火的是那个年轻人,我的朋友克罗默-布莱克这样哀求他,不管他是谁,竟这样虐待并拒绝他。我仍然站在那儿,在那扇门前,门把手是金色的,门关着,但肯定既没有闩上也没有锁上,只需要旋转把手,推一下,就一定可以打开。克罗默-布莱克在屋里的时候就会这样,不闩也不锁。我面前的门上有块牌子,上面写着"P. E. 克罗默－布莱克博士",克罗默－布莱克是他的姓。又一阵停顿,仿佛克罗默－布莱克暂时失去了回应的能力,没有了惯常的讽刺和愤怒。我听到了另一扇门的吱呀声,是卧室的门,克罗默－布莱克大概进了卧室,我没法知道是独自进去的还是和那人一起进去的,但立刻又听到了吱呀声。克罗默－布莱克大概拿了什么东西,又回到了客厅。他说:"好吧。但至少你要给我拍几张照片,这样做没什么危险,也不会让谁不高兴,对不对?"现在他恢复了略有些讽刺的语气,尽管他依然在乞求(但不再是求别人拥抱他了)。我想起了他的朋友布鲁斯,想到了那天晚上他的话,他提到了最诱人的提议和最美好的诱惑过程,说有时在他的卧室,会有一些美丽的面庞或健美的身体待他享用。克罗默－布莱克是个很英俊的人,但从我在屋檐下听到的内容来看,他在利用自己的英俊或美貌时遇到了困难。他距离衰老还远着呢,远没有到需要借助自己制造或储存的记忆来为暮年增添花样的时候。正常情况下,他现在要做的事情是为将来制造并储存记忆。我想,不管是什么病,痊愈也好没痊愈也好,他这么做都不可能是因为疾病:在有些事情面前,任何危险都无所谓。是克罗默－布莱克本人请求对方拥抱他,当然他的确不该这么过火。

我记得，在那次高桌晚宴上，我从达亚南德灼热的眼神中看出，这是个需要提防的人，他恐怕有更强的意志和能量来获得自己想要的一切，比克罗默－布莱克更有能量。他的双眼没有蒙纱，也像我一样来自南方。这位印度医生有魔鬼附体，就像原本也许是南非人的托比·赖兰兹；或者像克莱尔·贝斯，她在遥远的南方国度度过了自己的童年；可能也有点像那个死去的高兹华斯，他曾在突尼斯、阿尔及利亚、意大利、埃及和印度待过（尽管没去过雷东达）；毫无疑问也像我，过去、现在和将来都属于马德里（我现在知道这一点了）。我的血可以是热的、温的或者冷的。但只要有机会，只要给我机会，我就打算乞求。几个星期以来，我一直是这样，远远地，乞求克莱尔·贝斯。

"好吧，"是那个年轻人的声音，他的转变来得有点慢，"不过得快些。""你给我拍照吗？"克罗默－布莱克难掩突然的感激，他松了口气，"幸好，通过中介建立关系的时候总得要照片。你不知道我有多感激你，没有照片，什么也做不了，你要是不给我拍，我真不知道还有谁能为我做这事。我不能要求布鲁斯这么做。""好吧，准备好，咱们最好早早开始，早早结束。"那沙哑的声音宽厚地说。我想，克罗默－布莱克在给自己拍一些个人照片，好寄给某个中介,或者寄给某个通过中介建立联系的人。此时已听不到对话,只能听到零散的句子,以及一架宝丽来清晰的"咔嚓"声。("这样可以吗?"克罗默-布莱克说。"注意构图。"克罗默-布莱克说。"高度够了吧?"克罗默-布莱克说。"咔嚓——"宝丽来在拍照。)我很纳闷他们究竟在拍什么姿势的照片,连机械师布鲁斯、克莱尔·贝斯和我都不能代劳。这样想着,我脸上更烫了(在门外),但这次纯粹是因为羞愧,没别的。没人看到我脸红(只有那块亮闪闪的牌子看着我,上面是缩写的克罗默-布莱克的姓名),我想不是我的猜想,而是我的反应或者我的道德意识(残余的那些)让我脸红。直到那时,我才为我的"eavesdropping"感到羞愧。

我小心翼翼地——带着上楼时不曾有的谨慎(那时我还不算冒昧、鬼鬼祟祟、偷偷摸摸)——转过身去,踮起脚下了楼,耳边还传来了最后一句话。("重要的是从上面拍到。"克罗默-布莱克说。"咔嚓——"宝丽来在拍照。)(这是无意中听到的,因为我的耳朵不愿意再听到任何内容了。)下了几级台阶后,想象着我没有看到的场景,我忍不住略带讽刺地笑了(仿佛我是克罗默-布莱克)。但我突然想起自己为什么要去那儿,笑容立刻不见了。我意识到我已经不可能跟克罗默-布莱克商量我的计划,也无法指望他提前减轻我可能遭遇的失败的痛苦,更无法指望从他口中听到鼓励以及真正行动时希望听到的答案,因为我已经从陌生人的口中,从一个沙哑的声音中听到了令我沮丧的、不希望得到的答案。

我和克莱尔·贝斯在离别的氛围中去了布莱顿，那时小孩埃里克已经返校，她同意再见我一面（单独见面），听听我的提议，跟我谈谈，不慌不忙，不定闹钟，也不会听见那些一到整点、半点、一刻钟就敲响的钟声，那些在黄昏时分仍毫不客气地响个没完的钟声（还会一直敲到永远，不过我已经不用再听了）。我们是周末去的布莱顿，是个周六，只打算在那儿住一晚——我们一起度过的第一个也是最后一个夜晚。我从未跟她过夜，和缪丽尔倒是共度过一晚（埃里克回到布里斯托尔了，爱德华·贝斯去欧洲大陆出差了）。我们几乎没走出布莱顿的酒店。它和伦敦、雷丁那些千篇一律的酒店不同，屋子里有两扇相对的窗户，一扇可以看到赫赫有名的英皇阁，它有着尖塔和洋葱形的圆顶，带着一种怪诞的伪印度风格；另一扇则可以看到海滩。（这是唯一一次我们在一起花费高昂：偷情通常是很廉价的。）我们并不是真的没走出酒店，可我总有这种感觉——

总是和克莱尔·贝斯困守一处,无论是在牛津、伦敦、雷丁还是布莱顿。这次我们没有乘火车,而是开她的车去的,这也带有某种开始和崭新(虽然是在结束)的意味:我们俩坐在她的车里,向南方驶去,第一次把伦敦和雷丁甩在身后。我在左边,有种载着她的错觉,而她会留下开车载我的(真实的)印象。但我认为这一切都是不真实的(与我们自身有关的事才会产生这种不真实的感觉,与他人有关的却不会,包括一个三十年前死在遥远国度的人,和另一个没有死却应该在彼时、彼地死去的人)。我们沉浸在离别的味道中,这是一种浓烈且永远可以分辨的味道。尽管实际上告别和分离的结局在一开始就已确定(在一个途经之地,拥有一个被称为"爱情"的东西,拥有一个可以想念的"人",这就是最初的决定与计划),我们还是假装并非如此,假装结局可以取决于这次见面、这个周末,假装在这座城市、在布莱顿这家酒店的这个房间里,我们可以做出也可以不做决定。当我向她提出不可能实现且明知会被拒绝的计划时,我感到了极大的宽慰(也许是极大的快意):恰恰是这种已知的不可能与必然的否定——先开口提议的人等待的就是拒绝——让人得以毫无保留、激烈地表达欲望。假如有一丝丝被满足的风险,表达时就不会那么笃定了。我想，克莱尔·贝斯也假装相信我，假装把我的话当真，还跟我解释，仿佛真有必要解释，仿佛只说一个"不"字还不够，仿佛她要尽量不伤害我，而我理解这一点也很重要似的（她表现得体贴周到）。要让非亲缘关系得到承认、升华，这就是必需的程序。这类关系从未有过成果也并不有趣，但对思绪来说似乎必不可少，它让思绪幻想将要到来的一切，不至于倦怠、颓靡，不至于陷入消沉。

但所有这些，我们起初都没有谈及——我保留了自己小小的演说，她保留了自己鸿篇大论的回答。等到晚餐后，在无垠的海滩上散了步，回到酒店房间时，我们知道，最宏大的工程（表演和伪装）不得不开始了。也正因此，在我们开车过来的路上；在参观仿造的宫殿，欣赏它们的城垛、尖塔和南方花格窗时；在城里购物时（在全英国的任何地方，总有一家旧书店等着我，总有给克莱尔·贝斯准备的购物袋和给小孩埃里克的礼物）；在望着海滩和即将到来的潮水吃晚餐时；在我们赤着脚散步时（这次我也赤着脚，把鞋子钩在两根指头上，钩在中指和食指上，我没戴手套）——我们一直节省着体力（无论是言语上的，还是告别的情绪上的）。我们断断续续说了这么多的话，停顿了这么多次，终于上了楼（但还不晚，因为我们知道还有许多个小时才会结束这一天并睡下,也许我们不希望让一切变得过于劳累或过于真实)。她像平常那样脱了鞋子,我没脱,尽管我的袜子里有沙子。她躺到床上,不用说,裙子又撩了上去,她总是如此,好像必须得真切展示她那双修长的、动起来有点孩子气的腿(在他人眼中,那是双肌肉若隐若现、笔直的腿)。那天晚上,我们可以让时间永远停住,或沉浸在这种错觉中,所以一切都不急,不急着开口说话,不急着亲吻对方,甚至也不急着把我的阴茎送到她嘴里或让她的嘴巴凑过来,或者把阴茎送到任何地方。春天的晚上的确春意盎然,房间的一扇窗开着,透过它可以看见远处被照亮的不协调的尖塔或洋葱形的圆顶。我背过身去,靠在窗框上。透过另一扇窗,可以看见沙滩和海水。我点燃了一支烟,说:

"克莱尔,我不想走。我不能现在走。"我认为这两句如此相似的话足够让她开口,让她回应些什么(我也马上意识到,虽然我开始说话了,却依然在思考,无法停歇)。她开口了,但是没有回答(或者说不完全是回答,她用一个问题代替了答案)。

"你是说离开牛津吗?"

我说:

"是的，但不全是牛津。我想，牛津我是希望离开的，再说，我也没有别的办法，合同已经到期了。但我不想跟你分开。这几个星期长得没有尽头，我真是太想念你了，我不想纯粹因为地理的原因跟你分开，这太荒唐了。"我想，说了这些话之后，我的意思更清楚了。情人之间的严肃谈话总是需要这般清楚，它必须在平坦、透明、未来的维度中流淌。

"地理因素是让人们分开的足够强大的理由。有时是不可挽回的。你不想走，又很想走，你不太清楚你究竟想要什么。我知道自己不能也不愿意离开。但是，你不知道，也无所谓，因为不管怎样，你都得走，你会走的。谈论毫无疑义的事情没有意义。"

我说：

"但你可以跟我走。"我想，在那个六月的夜晚，在那个周六，在布莱顿，令我惊讶的是这一句话就（清楚无误地）让我表达了几乎全部的重要内容（我也料到克莱尔·贝斯会说这不可能）。

"去哪儿？马德里？别荒唐了。这不可能。"

我说：

"可是，假如有可能，你会跟我走吗？"我想，我也给她提供一个机会,让她说她会做到我们俩都知道不可能的事情。但是她没有接茬,因为这不是她的剧本,而是我的。

"我很好奇怎么个走法。"

我说:

"我不知道。得找到一个办法。只要愿意,办法总能找得出来,但首先必须有找的意愿。我需要知道你愿意或者打算想办法。我不愿意再重复那样的四个星期,也不愿意见到你儿子时他用那种奇怪的眼神看我。我希望他认识我,假如我们住在一起,他会跟我们一起生活,我想让他也成为我的儿子,或者继子。没有你,我没法活下去,现在马上就要失去你了我才意识到这一点,也许太晚了,但事情总是这样——"我想,说话时越来越大胆了,而且说得太快。我压根儿没料到自己会说这些,从一开始到最后结束,我都不是很肯定自己想说这些("一起"这个词,"儿子"这个词,"继子"这个词);不过我也想到,最后那几句话,包括最后一句,在非亲缘关系所能容许的极有限的范畴内,尚且是可以被接受的。克莱尔·贝斯本该表现出惊讶——至少一点点,但她选择以毫不惊讶作为伪装。她要假装自己不惊讶,这是一种将惊讶(她的伪装)转嫁给对方的方式。

"不是太晚了,"她说着,在床上点燃了第一支烟,对她的袜子构成了第一次威胁——晚餐和散步时,她几乎没抽烟,仿佛要把这事留到夜晚和房间里似的,"这不是时间的问题,因为在这件事上,永远都没有所谓特定的时间。它处于时间之外,被时间排除,现在依然如此,而且更甚。你很快就要回马德里了,在这最后几周、几个月里,我们都没见面,这样最好,这样我们就会慢慢习惯了,我已经逐渐习惯了,非常习惯。在马德里,你不会像在这里一样想念我,在这里你孤身一人,而在马德里你每过一天都会发现我更加遥远、更加模糊。说这些没有意义。让我们以最好的方式度过这个周末吧,明天就告别,至少不再单独见面。一切都已经足够了。"

我说:

"这么容易。"心想她终于接了话,也许我压根儿不用说话,只需静静地倾听。

"不,一点儿也不容易,你别以为这很容易。埃里克在家时,我常想起你,等你走了,我也会时常想念你。"

我说:

"问题是我会持续不断地想你,这几周我都在持续不断地想你。如果你不愿意跟我走,那我就得找一个留在这里的方法,哪怕是做其他的工作。"可我心里清楚,我不愿意在牛津某所学校里教西班牙语，也不愿意在伦敦电台工作（那一刻我只能想到这些），更不愿最终变成一个有中国面孔和蓝色眼睛的人——也许她就是这样，毕竟她在遥远的德里和开罗度过了自己的童年。

"你在这儿不可能坚持太久的，你并不像你以为的那样完全忘掉了自己的国家。假使你留下，我也不会跟你在一起，或者跟你在一起的方式也不会跟现在不同。我们仍会这样见面，在酒店，在两节课之间，在我们各自的家里。我们从未谈过这一点，我想是出于对彼此的尊重，也是因为不言自明。没必要。也因为时间宝贵，不要破坏我们短暂的美好时光。我们从未深入谈过任何事情。我永远也不会跟特德分开的。"

在对未来进行的开诚布公的对话中，需要几个步骤（这些步骤只是程序）。在这种情形下我有两种选择：（望着海滩）问她是否永远也不会抛弃丈夫，因为不管怎样，她依旧爱着他（但是在布莱顿，在这个六月的周末晚上，我不想冒着风险听她说，是啊，就是这样；也不想碍于面子而不得不拼命否认她的回答）；或者——假装第一种可能性不存在——斥责她不够勇敢、安于现状（说这话时我转身望向远处的圆顶，把烟蒂从窗口扔出去——就像扔一枚硬币,背对着她),斥责她满足于我不曾参与的那些事,对那些事我不负有责任也不会尊重。不过,我是否选择第二种已无所谓,因为克莱尔·贝斯已经照着第一种可能回答了。

"现在我不会告诉你我爱着特德,因为我不太清楚我是否爱他,也不知道以什么方式爱他,但我确实知道我不像几年前我们刚结婚时那样爱他了。其实,我不怎么问自己这个问题,我通常不问。但是,即使我真的爱他,即使我很确信这一点,我也不会告诉你。一个女人或者一个男人跟情人说这样的话很荒唐,更何况这不是一个偶然的情人,而是一个认识很久并且很喜爱的人。就算很肯定,我也不能这么跟你说。也没必要。我只需要告诉你,我喜欢跟他一起生活,这就够了,这一点你也知道。不仅愉快,而且我已经习惯了。这就是我选择的人生。在我所有可能的人生中,我依然会选择这一种,更不用说那些不可能选择的人生。拥有情人与此并不矛盾,即使我像个荒唐的女人那样告诉你'我爱特德,胜过一切',也不矛盾。"

我说:

"情人会尽量挽留时间,他们有意志,充满热情,不是吗?"我想,跟怀奇伍德森林那个不太胖的缪丽尔在一起时,我也拖延了时间,也很有意志,但没有投入任何热情。

"你是个笨蛋。"克莱尔·贝斯对我说。去年的十一月五日,在拉德克利夫图书馆正对的卡特街,在万灵学院她的办公室里,她就这样说过我。这是她第二次叫我"笨蛋"了(两次我都没生气),可她生气了,因为我刚才说的那些话,也肯定因为我打断了她。她本来已决心掌控话语权,跟我进行一场幼稚的对话的:经历接近、实现、疏远的全过程;关乎圆满、争执和怀疑;从确信、嫉妒到抛弃;还有欢笑(为了终结疲惫)。"你是个笨蛋,"她说,"是的,你们这些情人都会拖延时间,都有意志,都会投入很大热情;但这一切都不会持续太长时间,也理应如此。这是你们的作用,也是你们的可爱之处。只要我是你的情人,我也如此,你别忘了这一点。即便你没有结婚,我的使命依然如此。我们的使命就是不要持续太久,不要坚持,不要永存,因为我们持续的时间一旦超出了应有的范围,那么,可爱就没了,苦难就开始了,悲剧就来了。愚蠢的悲剧,本可以避免的悲剧,自找的悲剧。"

我说:

"我没见过这时代发生多少悲剧。"我想,我和克莱尔·贝斯之间不可能有悲剧,在牛津、伦敦、雷丁、布莱顿都不可能。甚至在迪德科特车站也不可能。

"现在发生也好,过去已经发生也好,都不重要。不同的时间向来没什么不同,尽管表面看起来不同。谁能了解自己所处时间以外的时间?三十年前,在我的时间里,我的确看到了一场悲剧,很可能是一场愚蠢的悲剧。从那时起,也许从我知道我目睹了那场悲剧起,我这一生都在试图变得刀枪不入,变得足够悲观和冷酷,以便在面对愚蠢的悲剧时能有免疫力,而不自寻悲剧。你什么也没见过,你仍然有资格经历更多,但是我不能。我也不愿意。"

这时,克莱尔·贝斯躺在床上,一侧是沙滩和海水,另一侧(远景里)是怪诞的印度宫殿仿制品,(近景里)是那个在过去十六个月中充当她情人的人——但马上就不是了。克莱尔·贝斯(像个男人那样)开口,准备高声追忆遥远的往事。从这时起,我们的谈话便不再在一个平坦、透明、未来的维度中流淌了,而是在粗糙、破碎的平面上,在模糊的、过往的层面继续。"听着。"她又点燃了一根烟,把脑袋枕在一只手上,胳膊肘抵在双人床的长枕头上,开始给我讲述一桩悲剧性的往事,一桩跟死亡有关的往事。当时有若干目击者,但现在活着的只有什么都不记得的目击者了。"听着。"她说,她这么说的时候,我再次转身,背靠朝向陆地的窗户。转过身后,我忍不住盯着她,她侧身朝向我时,裙子又向上撩起几分,几乎像没穿一样。"听着,"她说,"我的母亲有过一个情人,他们的关系持续了太长时间。那人的名字叫特里·阿姆斯特朗。我不清楚他是谁,也不知道他的职业,因为事情过去很久以后我才知道。当时我只有三岁。他没有留下任何痕迹。只有等长大了,可以问起母亲的事情了,我才从别人那里打听。但是我始终只得到了一个说法,一种答案,我只能当作是正确的,因为那是唯一的答案。我父亲一直保持着痛苦的沉默,也许不仅是因为他不想说。有时我想,他也不一定了解全部的真相,所以没办法讲述事情的全部。唯一愿意讲给我听的人是孟希太太——希拉,在德里照顾我的保姆。父亲正好相反,每次我问他或者指责他什么,他总是什么也不说,也不否认。后来我跟他讲起保姆告诉我的事情时,他也依然如此。每次我谈及这个话题,他就满面阴云,起身离开房间。我跟在他身后,坚持着,一直到他卧室门口。他把自己关在里面,几个小时以后才出来吃晚饭,仿佛什么都没有发生。但这样的拉锯战也已经过去很久了,现在我已经不再坚持,也不再要求他跟我说清楚。我从不谈也不试图谈这件事,不跟他谈,也不跟任何人谈。希拉几年前去世了,就在英国,她的子女都在这儿住,她还有孙辈。我甚至不知道是否该告诉你这些,但无所谓了,反正你很快就要走了。"我想，就算是没有必要，克莱尔·贝斯仍愿意跟我谈，仿佛在布莱顿的这个夜晚谈这些很有必要似的，这还是让我感到愉快和荣幸。我又想："没错。一旦我走了，这儿发生的事情又有什么？我不会留下任何痕迹，正如特里·阿姆斯特朗。"我又停下来想道："特里·阿姆斯特朗。"在我思来想去的时候，克莱尔·贝斯一直在讲述，她的眼神越来越迷茫，或者越来越凝滞，那是陷入遥远回忆的眼神——没错，就是这样的眼神。"保姆告诉我，她对特里·阿姆斯特朗一无所知，只知道名字。这个人热情洋溢，而且很有意志，是一个很好的情人。写信和写诗时够严肃也够讽刺，总能带来能量，传递活力。自认为被他爱上的人，都会被他逗笑并想入非非。他时而出现，时而消失，谁都不知道他什么时候会再来。他在加尔各答，不清楚是外交使团的人还是自行过去的，有可能是后者，因为外交使团的档案里没有他的名字。我曾一度特别想也特别迫切地要知道事情的全部，便给外交使团写信询问。可能那不是他的真名，我不知道。也许只有我母亲知道，也许连她也不知道。不管怎样，他应该在印度待了一段时间，或者之前就在那儿待过，因为他能跟我的保姆讲一点点印地语，据她说是为了讨好她。他恭维保姆，恭维我母亲，据说这就是他主要做的事情。对于保姆而言，他的存在仅限于恭维和那个名字，她从未想过要去调查什么，这也不是她的职责，有这些就足够了：他是特里·阿姆斯特朗先生或者阿姆斯特朗·萨希卜，正如我父亲是牛顿先生或者牛顿·萨希卜，我是克莱尔小姐，家里的女孩，除此之外我们还是什么人、我们是否还有什么身份都无关紧要。我母亲和特里·阿姆斯特朗的秘密关系持续了跟我们差不多一样长的时间，一年半。我父亲肯定过了很久才发现，但在结局之前终究还是知道了。他忍了，或者承受了，或者假装承受了，也许在等着阿姆斯特朗被派往其他地方。如果阿姆斯特朗属于外交使团或者某家公司，那么就总会被调走。外交官不会在一个地方停留太久的，外国人如果不结婚也是如此。比如你，不会在这儿待更久。任何负担，只要是间歇性的，就更易于承受。谁知道呢，如果特里·阿姆斯特朗来而又去，如果他在几百英里之外，只在有机会时才过来，那么对我父亲来说也许也并非完全不可忍受，他可能愿意等。拿特德来说，如果他在这段时间有所怀疑，那么他也在等你离开。也许我也在等。我不知道。很久以前我就放弃了通过父亲了解真相，当时我对他的折磨已经够多的了，如果保姆讲的是实情，他的生活一定非常痛苦。一定是这样。""保姆还讲了什么？"我背靠窗户栏杆（对着陆地的那一扇)问道,但更多是在琢磨特里·阿姆斯特朗这个名字,不过我没敢想别的,只是在想这个名字而已。"特里·阿姆斯特朗。"我再次想。名字能告诉人们很多信息。"保姆说我母亲怀孕了,"克莱尔·贝斯回答,"母亲认为这个孩子可能是特里·阿姆斯特朗的,不过她不确定,也可能是确定的,但不愿意面对。这个疑虑真也好假也罢,无论如何,我父亲再也无法忍受了。父亲知道母亲拿不准,这一点我倒是有所了解,因为保姆希拉听到了一小段他们的对话,应该是他们最后一次对话、最后一次争吵。"克莱尔·贝斯翻过身来,换了个姿势,两腿现在搭在枕头上了。她双手托着下巴,胳膊支在床尾。现在,我能看到她大腿的后侧,以及被丝袜包住的臀部。我想:"只有跟亲密的人在一起时,比如兄弟、丈夫、家人,才能这样无意地展露肌体。可我不是她的丈夫,也不是她的兄弟,只是她的外国情人,而且很快就不是了。但是今天晚上,她要把家里的秘密告诉我。""三岁那年的一个晚上,我已经睡着好几个小时了。保姆希拉刚躺下没多久,就听到我的哭声,于是像往常一样起身来安抚我、哄我,哼唱让我入睡的歌。就在那时,她也听到了一些声音——就是这些声音把我惊醒、让我哭起来的:我父母刚刚回来,他们的卧室离我的房间很近,从那里传出了争吵，时不时还有摔打的动静、东西砸在地上或者桌上的声音。保姆很害怕，于是立刻又唱起歌，希望掩盖那些吵嚷声，也驱散恐惧。她自己的歌声加上我的啜泣，让她无法听清他们的对话。但有时声音太高，她又被吓着了，不得不停下来，违心地听到些只言片语。很少的几句话，确切地说，是八句话，每次听到两句。她应我要求重复了太多次，现在仿佛是我自己听见并记住了它们。我当时应该也听到了，但不可能记住，就像我现在也几乎不记得母亲的样子。我把那些话逐字逐句记了下来，直到后来无须任何努力，它们就会浮现在我的脑海。据保姆讲，那天晚上，母亲说的其中一句话是：'汤姆，我不确定，也可能是你的。'我知道父亲的回答是：'单单是这个疑问，就足以证明不是，也不可能是。'我知道在另一个时刻母亲说：'我不知道我想要什么，我但愿自己知道，我厌倦透了自己不知道。'父亲回答：'相反，我厌倦透了自己知道却又做不到。'第三段对话，母亲说：'如果这就是你想要的，我明天就走。但我要把孩子带走。'父亲回答：'除了你身上穿的和你肚子里的东西，你没有资格带走任何别的什么。你恐怕再也见不到克莱尔了。'后来，保姆听到了母亲最后的一句话：'我受不了了，汤姆。'父亲回答：'我也受不了了。'据希拉说，她一直唱到我再次睡着。随着争吵声逐渐平息，她的歌声也越来越微弱。当我再次睡着、一切回归寂静时，房门开了，是我父亲，背着光。他没有跨过门槛。'孩子睡了？'他问。保姆看了看他，把食指放在唇边。父亲低声说：'牛顿夫人明天一早要出门。最好不要让孩子看见她走。今天晚上您带她睡吧。'门又关上了。保姆根据他的吩咐，摸着黑小心翼翼地抱起我，把我带到她的房间，没把我弄醒。那天晚上，我就在她的房间里。她把床让给了我，自己蜷在一张椅子上，一直支着耳朵。"克莱尔沉默了，她停了下来。她从双人床上坐起来，去了洗手间。我们已经很亲密了，但依然没到不需要关门的程度。我不可避免地听到了一种液体滴到另一种液体上的声音，我一边听着（并不愿意听），一边再次思索"特里·阿姆斯特朗"这个名字，这次我想得更多："阿姆斯特朗是个很普通的姓氏，特里也很普通——如果是女人，正式名字就是特里萨，男人则是特伦斯。阿姆斯特朗，太普通了，英国有成千上万个人是这个姓氏，一直如此，跟牛顿一样多甚至更多，几乎赶上布莱克了。但克罗默-布莱克这种复姓很少见。特伦斯或者特里也是很寻常的名字，尽管不像约翰、汤姆或特德那么常见。特德是爱德华和西奥多的昵称。阿姆斯特朗,"我想,"强壮的胳膊。"①克莱尔·贝斯回来了,倚着墙坐在床上,把腰靠在折起来的枕头上。她又点燃了一支烟,把腿跷起来,裙子撩上去。她的脸湿了,眼神不再那么凝滞,但思路没有中断。"第二天,母亲已经不在家里了,他们说她要出去旅行几天。保姆希拉依然跟着我,从那天起,她跟我在一起的时间更多了。虽然发生了这一切,但我们并没有离开,而是在德里又待了几年。这期间,希拉一直在我身边。她已经无法再跟我母亲取得联系,当然也找不到特里·阿姆斯特朗,她压根儿不知道去哪儿找他。再说,那些日子里我父亲一直暗中监视她,强迫她跟我待在家里,片刻也不离开。从那时起,她的任务就是从早到晚跟我在一起,一刻也不放松,直到几年后我们终于离开德里,而她不肯跟我们走,我们才分开。希拉一直不知道那些天我母亲怎样了,猜测她会去找阿姆斯特朗,和他躲在德里的某家酒店或者他认识的某个印度人家里。她肯定不会找在殖民地的英国人,因为她无法跟这些人解释究竟发生了什么。母亲那时已经显露出孕态,据保姆说,她的五官开始走样,身体开始臃肿,或许也正因此,那天晚上她不得不跟父亲摊牌,告诉

---

① 阿姆斯特朗写作"Armstrong","arm"意为"胳膊","strong"意为"强壮"。

他实情，并造成她的出走。保姆同样不知道，母亲离开家时特里·阿姆斯特朗是否在城里。他是那晚就到了，约好第二天早上在某个地方等她，还是在母亲召唤后才匆匆赶来？或者，更有可能的是，母亲头几天始终孤身一人。保姆说，在她看来，阿姆斯特朗从来就不是一个务实的人，也没什么钱，而是一个梦想家——她就是这么定义他的，梦想家。她印象最深的，是他的幽默和开不完的玩笑。她说他常常从口袋里掏出一只金属酒壶，笑着把它凑到母亲甚至她唇边，她们则笑着躲开。于是，他就把酒壶举在空中，开始发表宏论，为一些对保姆来说毫无意义的英国名字干杯。他总是乐呵呵地喝着酒，但她从未看他喝醉过。母亲则总是在笑，对什么都笑，笑任何事情，就像年轻人那样，像阿姆斯特朗本人那样——他永远在开玩笑，他永远在哈哈大笑。"克莱尔·贝斯讲着这个除了性格、名字以外她一无所知的男人，我终于离开原来的位置，走到床边，在她脚旁的地上坐下，好让自己听得更清、想得更少。然而，我还是留意到了自己的想法，尽管十分短暂——当我走过去、察觉到袜子里的沙子时，我唯一能够想到的就只是这个名字：特伦斯·伊恩·费通·阿姆斯特朗。"他们吵架那晚过后四天，我们看到了他，特里·阿姆斯特朗。我和保姆都看到了，也许父亲也看到了，但他从未承认过。我也记不得了，就像我记不得那天晚上是哪些话把我惊醒、让我哭泣。也许很长时间里我都忘记了自己看到过什么，只是很久以后了解了这一切，而且保姆说我也亲眼看见过，我才把这些当成了记忆。我现在跟你说的这些仿佛来自我的记忆，但很有可能只是因为我现在知道了，而且多年来，自打知道起，我便一直在想象它。你明白吗？我知道我看到了，不过，那时我并不能理解，现在也不是凭借记忆记得。其实，是因知道而记得。"曾经叫作克莱尔·牛顿的克莱尔·贝斯，现在正跟我讲述她知道的或记忆中的第一位克莱尔·牛顿的事（这位克莱尔·牛顿在更早以前还另有一个我不知道的姓氏）——简言之，小克莱尔在跟我讲述她已故的母亲的故事。这时，我依然在想阿姆斯特朗这个名字。听着见证者之一讲述这个悲剧故事，我想："这不可能，不会是这样，也不是这样，阿姆斯特朗是很普通的名字，特里也是，有成千上万个特里，成千上万个阿姆斯特朗，成百上千个特里·阿姆斯特朗。再说，也没办法调查，因为没有人对特里·阿姆斯特朗有任何了解，他五十年代回到加尔各答，正如人生暮年回到瓦斯托一样，没有留下任何痕迹。也许他回到加尔各答是为了最后一次胡闹，结果事态逐渐复杂，一年半的时间里，他没能脱身（岂止是一场胡闹），还被引到了德里；最后一次胡闹，尽管这场胡闹发生于他真正的死亡到来前的十五年。""仅仅过了四天。那时，我坐在花园里，跟保姆在一起，看着河流，等待暮色中的火车。我跟你说过，我从小就这样做，一直到我们离开德里。父亲离得稍远，在花园的一角，在挨着房子的地方，所以他可能什么都看见了，也有可能什么都没看见。但是我的确看见了我知道我看见的事情，这事情我现在不记得，发生之后也不记得，发生当时也不记得，甚至在刚刚发生之际也不记得。我母亲离开后的第四个晚上，我在等待来自莫拉达巴德的邮车，它总是姗姗来迟。这时出现了两个人，一个女人和一个男人，他们走在横跨河流的铁桥上。""亚穆纳河上的铁桥，克莱尔·贝斯给我描述过，"我想，"长长的、栏杆纵横交错的铁桥，大多数时候都空荡、幽暗、闲置且模糊，恰似童年里那些虔诚而次要的人，深藏于某处，可一旦被召唤就会显身；而在完成短暂的使命或讲述突然被要求泄露的秘密后，又会立刻再次消失，回到无人知晓、变幻莫测的黑暗中。就像希拉，就像陪伴我和三个兄弟姐妹走过赫诺瓦街、科瓦鲁维亚斯街或米开朗琪罗街的老保姆——印度保姆与马德里保姆，她们是可以互相替代的，她们之所以存在，就是为了让孩子在需要时能穿行而过。"

克莱尔·贝斯缓缓地给我讲述她看到、因为知道才记得的事。我在床尾,望着她修长笔直的大腿还有内裤,心里想:"现在,这英国女孩正望着黑色的铁桥,等待一列火车经过,等待它被夜晚的灯光照亮,并在水中投下倒影。这是一列色彩鲜艳的火车,周身灯火通明,带着遥远的噪音,偶尔从亚穆纳河上方驶过。夜幕降临,她在家中的最高处耐心地看着河水。但那火车还没有来。现在,雾霭中的桥上,出现了两个人,他们摇摇晃晃,胆战心惊,踩着碎石,还可能被铁轨绊倒。这两个人就是约翰·高兹华斯和正望着他们的小女孩克莱尔·牛顿的母亲。女人很年轻,比今天晚上身在布莱顿的她的女儿还要年轻。阿姆斯特朗领着她,他们手牵着手,倚靠并紧紧抓住交叉的铁栏杆,仿佛担心自己跌倒、掉进水里——尽管这很可能就是他们来铁桥的目的,为了掉下去,沉下去;又或许不是,他们可能仅仅是艰难地从那里走过,他们在逃离;又或者他们不知所措,糊涂了,醉了,病了,他们不知道自己在做什么。小女孩立刻从黑暗中辨别出了这两个人影,因为他们都穿着白衣服,还因为其中一个人是她的母亲(还因为那个未来的克莱尔·贝斯眼睛只盯着铁桥,铁桥会带来色彩斑斓的列车)。'妈妈在那儿。'小女孩指着铁桥说。保姆一开始没在意,没有抬头,还在哼唱不知名的歌；她在缝衣服，或者什么也没做，只是把两只手交叠着搁在膝盖上，望着女孩。这是她的任务。男人可能是约翰·高兹华斯。女孩看着他向桥中央走去，一直拉着母亲。女孩那时还不知道——在她后来的童年中，保姆会一点点悄悄告诉她，但要等到很久很久以后她才会把事情原原本本讲给她听，而且如果不是她要求，她是不会讲的——他们站的这座桥上，已经有不止一对不幸的恋人跳下去了。那个夜晚他们就是一对不幸的恋人，也许他们并不会跳下去，到桥上是为了另一个目的，谁知道呢。高兹华斯领着母亲，也许他并不十分清楚他们为了什么去到那里。他从白色的外套中掏出了金属酒壶，但他现在不提议干杯，不高谈阔论，也不把酒壶凑到第一个克莱尔·牛顿总是欢笑（总是被亲吻）的唇边了。他匆匆喝了几口酒，几乎像是背着那个爱他、一直跟着他的女人：她眼神向下，而他则向上。也许她是感到眩晕，忍不住俯瞰蓝色（或者是黑色的，因为是夜晚）的宽阔河流；也可能是真的打定主意要跳下去，而这是唯一逐渐适应河水的方式。她更坚决，但不知道高兹华斯或者特里·阿姆斯特朗会不会信守他们彼此的承诺和计划，也跳下去。第一个克莱尔·牛顿留意到，他不停喝着金属酒壶里的酒，也许是为了适应等待着他们沉入的液体。保姆也注意到了，因为孩子一直在重复。('你看，妈妈跟一个男人在那儿。')现在她也往桥上看，尽管她十分惊讶，还没弄明白这一切究竟是怎么回事。也许头一天晚上或者白天，在酒店的房间里，他们，母亲和这个男人，互相许下承诺，做好计划，达成了一致（克莱尔·贝斯不知道，谁也不知道）。他们达成了一致，因为除了结束这一切别无他法。高兹华斯是个倒霉蛋，他糊涂了，他不是个严肃认真的人，喜欢开玩笑和胡闹（他的思想飘忽不定，性格十分软弱）。他不能接受自己终于走入了世俗生活，让生活追上了他，让自己接受生活的担子。雷东达国王不能有继承人，不能负担任何孩子，甚至不能负担爱他、怀有他孩子的女人；也许，就算没有这个孩子他也无法负担。克莱尔·牛顿跟他说好了（克莱尔·贝斯不知道，谁也不知道），因为她很害怕，很绝望，四天三晚孤身一人，没有家，可能也没有钱，住在廉价旅馆，或者在这个冷漠的城市里游荡；阿姆斯特朗久久不出现，没有任何人管她，四天三晚，她不知所措，魂不守舍，无法相信自己遭受的一切：她的意志在漂移，她已经不知道如何留住它，延缓它的脚步，她的意志已经不完全属于她了，仿佛一个病人、一个老人或一个惶惑的人。他喝着酒，她望着水面，两人都停在桥中央，摇摇晃晃。高兹华斯用胳膊——他强壮有力的胳膊——搂住她的肩膀，如同搂住自己想要保护和爱的人，另一只手抓住跟另一根栏杆交叉的栏杆，前一只手还握着酒壶——想必已经空了，不过他并没有意识到。现在，阿姆斯特朗朝下看，母亲则向上看，努力眺望着家中的花园以及高处的女儿，她已无法回到那里。她思索孩子是不是还在那儿，希望她不在看她，希望保姆已经带她睡下、正在给她唱歌，因为来自莫拉达巴德的邮车已经驶过，对于女孩来说，这标志着一天已经过去（但是克莱尔·牛顿不知道今天火车又晚点许久）。这对不久前才刚刚变得不幸的情人不再往前走。他们一动不动，一直没穿过铁桥。这时，弯道处驶来了来自莫拉达巴德的邮车。英国女孩在异国他乡、在南方大陆度过童年时，每天晚上盼望的就是这邮车。火车每次都晚点，时间无法估计（谁也没法估计，这天晚上也不例外），因此它即便快要到达目的地，也丝毫没有减速的迹象。高兹华斯回身望向驶来的火车，母亲则无须看就能听到火车来了（她还听到了女孩听不清的来自铁轨的声音），她又开始看着水面了。肉乎乎的、流动着的月亮现在只是一个碎片。这时，阿姆斯特朗抬起了刚才搂着第一个克莱尔·牛顿的胳膊，他松开手，放开了她；现在，他用双手——他驾驶飞机、未来用以乞讨的双手——抓住交叉的铁栏杆，整个身体贴了上去。他醉意全消,金属酒壶脱手落到了地上,瞪大的双眼中满是惊恐,就像迪德科特车站艾伦·马里奥特那只要被切去左后腿的狗。'有那么多的事情在挽留我们。'高兹华斯抓住铁栏杆时也许这样想,'一切都仍有可能发生。'也许他不是在想,他本来就知道。母亲应该也知道,但是直到最后一刻她的身体——她开始隆起的小腹,怀着尚且不是、将来也不会是克莱尔·贝斯的弟弟或妹妹的孩子——始终离铁轨很近。她没有像阿姆斯特朗那样,这一对情人没有做同样的事,她没有抓住铁栏杆,而是从栏杆间跌落,又或是一跃而下。她身着白色的长裙投了河(洁白如克罗默-布莱克的白发,如同赖兰兹的白发,也如同怀奇伍德森林的不太胖的缪丽尔的胸脯),她的名字是克莱尔·牛顿。当克莱尔·牛顿跳下而特里·阿姆斯特朗没有跳下时,火车开了过来,从一头到另一头,填满了整座铁桥,车窗照亮了河面(小船上的人们抬头望向火车,头晕目眩)——就是这个场景帮助小女孩进入梦乡,给她一个理由,让她第二天还愿意待在一个并不属于她的地方。离开了这座城市以后,跟儿子或情人在一起时,她才有机会高声追忆过去,才会感到这城市属于她。情人和孩子一样,主要用来倾听我们的故事。母亲坠落下去,连带着她落寞的感觉,负重的感觉,眩晕的感觉,坠落、妊娠和失重的感觉，连带着她臃肿的身体、走样的五官，她那虚假的丰满和绝望。高兹华斯的眼睛——现在它们已经闭上很多年了，没有任何目光——看到他所爱之人的身体坠落、沉没；小女孩克莱尔从高处看着她所爱之人的身体——她在布莱顿的这个夜晚已无法记起样子的母亲——消失在夜幕下那明亮清澈的蓝色水流中；也许父亲在花园的一角，在挨着房子的地方，也看到了这一切，那个他依然爱着的人的身体久久未曾、最终也没有浮出水面。（三个人目睹自己所爱之人自杀。）保姆希拉也看到了，还知道小船上的人们找不到这具身体，因为这身体已经被水流带走；她会把秘密揭开，而无论特里·阿姆斯特朗、父亲还是亚穆纳河上的铁桥都不会开口。火车过去了，那时还是克莱尔·牛顿的克莱尔·贝斯看不到最后一节车厢上晃动的灯笼了，她挥手说了声'再见'，不指望得到回应，因为能回应她的人已经不在那儿了。铁桥又恢复了常态，空荡、幽暗、闲置且模糊。铁桥上，另一个白色的身影只停留了几秒钟。也许他就像对着伊希斯河呕吐的牛津乞丐，在冲着亚穆纳河呕吐之后便惊恐地逃走了。这位雷东达的末代国王，作家约翰·高兹华斯，'真正的作家'，再也没有写作，再也没有留下任何痕迹。也许自那个夜晚以后，只有一只金属酒壶留下了，被压扁,生了锈,空空的,留在铁轨间。"

当克莱尔·贝斯讲完她的故事后,我从地上起身回到窗边,向外望去,心里想着:"但这不可能,不会是这样,也不是这样。"

她从床上坐起来,走到我身边,我们默默地透过窗户向外望去。从远处映入眼帘的,是她童年国度里那些宫殿的仿制品。天空挂着月亮,有云彩。她的胸口触到了我的后背。克莱尔·贝斯用一只手抚摩着我的后颈,我转过身去。我们望着对方,仿佛我们是彼此警觉而又同情的眼睛。这眼睛来自过去,不过无所谓,因为很久以前这两双眼睛就知道一定会见到对方:我们彼此注视,就好像我们一直以来都互为长兄长姐,并遗憾于不能爱得更深,或这爱不能比兄妹之间的爱更深。那时,我不禁想起从前读过的一首诗。这首诗出自另一个英国人,他为人们所熟知(与高兹华斯相反),除了他诡异的死亡——他死于暴力,充满传奇色彩,人们必须借助想象去还原,正如克莱尔·牛顿之死。四百年前的五月三十日,三一学期的一天,不满三十岁的他被人乱刀刺死于德特福德(意为"深水区")。那里靠近泰晤士河——无论什么时候,无论在哪里,这条河都以"泰晤士"闻名,唯独流经牛津时被称为"伊希斯河"。

那句诗是:你通奸,在异国,再说,女孩已死。①

第二天,克莱尔·贝斯开车把我送回我在牛津的家(不是夜晚,我们已不再遮掩)。我看到节日期间在街对面支起摊子的吉卜赛卖花姑娘已被她隐形的丈夫开着干净时髦的货车接走了。这就意味着,虽然春天的日光岿然不动,仍温和地停留在原处,但时间已经不早了。用不了多久,世界那孱弱的车轮将重新开始转动,寂静就要结束。我很高兴地发现,我又少了一个被永恒放逐的星期天。

---

① 这里的"英国人"指的是克里斯托弗·马洛。1593 年,时年 29 岁的马洛遇害,死因有情杀、斗殴、政治暗杀、宗教迫害等多种说法。此处的诗句出自马洛的《马耳他的犹太人》,原文为"Thou hast committed fornication; but that was in another country, and besides, the wench is dead"。

自我离开牛津,那三人中的两位已经去世。不过,这两人中没有克莱尔·贝斯,跟预料的相同,去世的是托比·赖兰兹和克罗默-布莱克。克罗默-布莱克一直充当着我心灵上的父亲、母亲以及我在那所城市的引路人,在我离开后四个月,他去世了,再也无法度过米迦勒学期和其他学期。我在牛津的第二个也是最后一个学年,同样也是克罗默-布莱克博士的最后一年,尽管他待在水中的时间更长。两年后去世(距今仅两个月)的托比·赖兰兹给我写了一封加急信,告诉我他是克罗默-布莱克日记的保管人;而在他去世后,根据他的临终意愿以及遗嘱,这些日记一路旅行到南方,由我接管。赖兰兹的信很简短,仿佛他不太愿意谈起已经发生且早就在意料之中的事,也不愿意谈起克罗默-布莱克——此人在去世之时仿佛就已变成一面镜子,而他不愿意从中照见自己;赖兰兹成了那个不愿意拜访克罗默-布莱克的人,不愿去他的墓地,不愿触碰与之相关的记忆。

克罗默-布莱克葬在他的出生地伦敦（北部）。他终于没能成为财务主管，不过人们也无须为其葬礼募捐。参加葬礼的人不多，几乎全是泰勒院（热心而充满幽默感）的同事。念祷文并主持仪式的神父很不客气地把几个孩子赶了出去。那是两位同事的孩子，这个周六，他们随父母来到大理石拱门附近的天主教堂，打算借这次伦敦之行用剩下的时间去动物园玩儿。克罗默-布莱克的家人（父亲、母亲、未婚的弟弟和已婚的姐姐）中，只有弟弟罗杰到场。仪式刚一结束，他就钻进一辆跑车（可能是辆阿斯顿·马丁），很匆忙地离开了，没跟任何人打招呼。克罗默-布莱克的朋友布鲁斯不在场，达亚南德也不在。我翻阅了克罗默-布莱克全部的日记，里面只有不多的几个部分能看懂。据日记所述，在生命的最后几个月，他彻底远离了达亚南德。学院的几位成员出席了葬礼，但他曾帮助过的、关系有如手和手套般合拍的赖默院长没到场。经济学家哈利韦尔倒是来了。葬礼结束时，大家都仓皇而逃，生怕被他那唯一的话题溅着。赖兰兹语焉不详地说，克罗默-布莱克去世的消息刊登在"两家均非善茬的国家报纸上"。这位荣誉退休的教授信写得十分简短，看得出来很匆忙，只是为了尽早履行完自己的义务,但情绪激动。"几乎一年前,在去年十二月,克罗默-布莱克就知道自己生病了。他真是太勇敢了,遭受了这场可怕的判决,却在世人面前表现得无忧无虑,后来一直见到他的人都这么说。令人惊讶的是,有时我们认为绝不可能的人竟会展现出如此大的勇气。真是太让人心碎了,我无法抑制对他的想念。"这封加急信就写了这么多,末尾给了一个伦敦的地址,是个慈善基金会,称我若愿意可捐款纪念克罗默-布莱克。

我什么也没做,尽管我曾想过要做。说真的,自从我知道这消息,我就在尽力忘掉它,并做到了一部分。因为,当逝者很远,生者与之共有的时光也已开始属于过去时,忘掉这件事并非多不可能。我最后一次见到他时,他的情况又变得很一般,或者说是很糟糕。他同往常一样友善,主动提出开车载我装满书籍的大箱子去车站。我将从那里前往伦敦,然后坐火车、坐气垫船,再坐火车到巴黎,最终去往马德里,一路向南。但是,我出发前一天晚上,他的情况恶化了,他给我打了个电话,说第二天他不能出门了。于是,我放下手中正在收拾的行李,到他的学院跟他道别。虽然六月已经结束,温度也宜人,他接待我时身上却盖了条毛毯,斜靠在沙发上,仿佛他是萨斯基亚:

格子状的瀑布裹住了他的双腿，长长的黑色袍子则挂在门后（我的那件现在挂在我马德里的家里）。他失去了部分美感。电视开着，无声地放着一部歌剧。他说他觉得冷，有点发烧。我不记得我们谈了什么，我忘了，当时不在意的事情将来就会被遗忘，因为当时并不知道自己说的、做的——或者看到的——是有意义的、有分量的事，这些不能让人动容的时光就是会被遗忘。那个时候，告别没有意义和分量，或者说没有那么多，也许我情愿相信赖兰兹的预言太夸张（克罗默-布莱克的确表现得无忧无虑）。我的思绪更多集中在即将启程的旅途和前方等待我的一切（未来的、透明的、平坦的），而不是我留下的一切（过往的、模糊的、粗糙的和破碎的）。我只记得，那天他原本就有的苍白达到了极致，同时他一直不由自主地向无声喧哗着的《福斯塔夫》[①]投去几瞥。可这没什么大不了的——到了考试期间，教授的脸色都很苍白。那天晚上，他的脸色几乎跟他早早生出的白发一样，灰色越来越少，白色越来越多。我没待多久，已经很晚了，我得收拾行李，而他也许想听《福斯塔夫》。

---

① 意大利歌剧，在莎士比亚《温莎的风流娘儿们》基础上改编而成。

他的日记现在由我保管。最后的记录都极短，且写得不情不愿，每次只有两三行，而且不是每天都写，远远不是。九月三日，他写道："今天是我的生日。我终于三十八岁了。我已经不年轻了。克莱尔送了我一件她自己织的羊毛衣。B什么也没送，他忘了。"三天后，即六号，内容更简短："B想去伦敦住。我的城市，多荒谬啊。我觉得很远，尽管只要一个小时。"之后几天什么也没写，直到十二号，又写道："今天我开始重读《堂吉诃德》，我希望这周和下周能有时间读完。也许应该从第二部开始读。"然后是十四号："还有七天，夏天就结束了。我受够了。受够了身体不好，受够了夏天。"二十号提到了我："今天是我们这位亲爱的西班牙人的生日。他三十四岁了，也不年轻了。我往马德里给他打了电话，但他出门了。"（的确，那天我没在家，也没在马德里，而是在桑卢卡尔-德巴拉梅达，跟路易莎在一起。现在她是我妻子了。我们一个月前在马德里相识。）接下来的记录就是二十九号，似乎是从记事本或日历上抄下来的，只有这行文字："圣米迦勒与诸天使。三一主日后第十七主日（圣灵降临节后第十八主日）。这个学期的第一天。日出07：02，日落18：47。满月00：08。"之后又没有了，直到十月七日，他写道："下弦月05：04。托比来电。我找了些理由不让他来看我。可怜的老头，他什么也不明白。"十四号："新月04：33。今天米迦勒学期开始了，要上课了。我上不了。迪尤尔和卡瓦纳很友善，主动提出帮我代课，直到我康复。"最后的记录是十七号："圣埃塞德丽达①，诺森布里亚女王，至死都在抵抗，她真傻。几年后这个疾病就是可治愈的了，肯定是的，小事一桩。我受够了。"他死于十九号，三一主日后第二十主日（圣灵降临节后第二十一主日），也是圣弗里德斯维德②日（至少在牛津是）。那天，日出时间是07：38，日落时间是18：01，上弦月是20：13。克罗默–布莱克看到了日出日落，但没看到月亮。

关于赖兰兹这个可怜老头去世的信息，我知道的更少，几乎一无所知，因为已经没有哪个克罗默–布莱克讲给我听了，甚至无人感叹一句"真是太让人心碎了"。两个月前，比赖兰兹更有活力也更现代的卡瓦纳往马德里给我打

---

① 圣埃塞德丽达（约636—679），东盎格利亚王国公主，24岁时因政治联姻嫁至诺森布里亚王国，但坚持葆守童贞，后选择远离世俗生活，建立修道院。据说她离世多年后躯体仍不朽，被视作圣徒。英格兰教会将10月17日定为她的纪念日。
② 圣弗里德斯维德（约650—727），牛津城与牛津大学守护圣人。据说她创建了牛津的首座修道院（后演变为牛津大学基督教堂学院）。其纪念日10月19日至今仍是当地重要节日。

电话，告诉了我这个消息，略过了加急信，也没提什么捐款。也是他给我寄来了前一位亡者的日记。但我明白，赖兰兹跟克罗默－布莱克不同，他并没有预见到自己的死亡（如果说预见到死亡有什么意义的话）。我的意思是，他去世之前并没有生病。他不是在医院，而是在家里，陡然停止了心跳。仅此而已。不知道是在几点，也不知道他当时具体在哪里、在做什么。也许贝里太太叫他吃饭，他没有到厨房，贝里太太有预感，于是小心翼翼地来到查韦尔河边。赖兰兹可能就在那里，坐在有靠垫的椅子上，以免错过秋日的阳光。也许她并没有走到跟前，她实在太有预见能力了，只需从窗户看到硕大隆起的身躯瘫在椅子上就够了。雪利酒杯倒在草地上，眼神没有了权威和色彩，黄色的毛衣脱了线。我不知道，但无所谓，这并不是十分悲伤的事情。

我并没有离开牛津多久，但一切都远去了。从那时起，太多的事情在变化、新生或消失（现在，我关注且憧憬的是"引擎"埃斯特韦斯的伟大项目，还有我的妻子路易莎和我刚出生的儿子）。赖兰兹从未出版有关《多情客游记》的著作。在那个希拉里学期末的周日，他声称要写一本书，可在他留下的文件中，似乎没有一份手稿与之吻合。事实上，他最近几年没有任何作品问世，也没有任何未发表的东西。或许他把手稿损毁了，又或许从未存在过什么手稿。自从他退休，这些年里他应该就没再写过一行字。他死气沉沉，看着河水流过——河水一向是流逝的象征。或者他会看电视，呼唤叛逆的天鹅，给懂得感恩的鸭子扔面包屑，通过邮箱接收越来越缺乏诚意的荣誉。那个周日，他似乎说了很多真话，但关于他的著作他或许撒了谎。也许一切都是谎言，我不知道，也不在意。我的生活如今流淌于其他的维度，我认为，这个"我"和在牛津待了两年的我已经不同了。我现在已不再感到惶惑，尽管当时的惶惑压根儿不值一提，如我所言，它轻微、转瞬即逝、有连续性、合乎逻辑。那种惶惑不妨碍我们照常工作、理智行事，也不妨碍我们得体并若无其事地与他人来往——这种惶惑唯有当事人自己能觉察，也是每个人都会不时经历的。一切都那么遥远，克罗默-布莱克（我跟牛津最重要的联系）还有赖兰兹都去世了，我又不可能与卡瓦纳和迪尤尔保持通信。只剩梅琴协会了，我现在仍会从我的家乡支付会费，而作为回报，每隔几个月我都会收到一份关于梅琴及其交友圈的狂热刊物——偶尔会提到高兹华斯，但从未提供他的任何生平信息（不过，即使有我也不愿意知道了）。牛津和伦敦的古董书商们现在仍源源不断地给我寄来一些古怪的书单，其中有几次出现了这位没有王国的国王的作品，少之又少且昂贵无比（但从未有过《河流之上》，也就是他十九岁时出版的、艾伦·马里奥特感兴趣的那本书），我也从未买过。我估计梅琴协会的这些册子都是由马里奥特本人塞进信封并寄出的，但我没有把握，因为这些带着不同城市邮戳的信件上（比如奇彭纳姆、利明顿、斯卡伯勒的邮戳，他应该是个旅行家），从未有人写过一个字。我在牛津待的第二年，只远远地看见过马里奥特两三次。他牵着他的瘸狗，我没上前打招呼，他也没有理睬我。在跟踪我、四处与我碰面并登门拜访后，他不再找我了，这是肯定的。也许他当时唯一想要的是为自己的协会寻找一个新会员，收取会费，即便此人不是名人。

我独自离开牛津纯属偶然，对此我毫无怨言：克罗默－布莱克没法开车送我，请其他同事帮忙也已经太迟。三天前我就在一个小型晚宴上跟他们告过别了，再说，我第二天一大早就得动身。我叫了辆出租车，检查、系紧并扔掉了最后一袋垃圾——那是我最后的作品；我走出那三层的金字塔形的家，关上了门，把钥匙从门上的信箱扔了进去（钥匙掉在了地毯上，没有发出叮当的声响）；我登上火车，没有挥手向任何人告别。经过迪德科特时，火车停了一分钟，我睡眼惺忪地向窗外望去。在那一分钟里，在对面开往牛津方向的站台上，我看到了爱德华·贝斯，笑着，搂着一个女人。这个女人背对着我，投入他的怀抱。她有一头金色的短发，手上夹着一支烟；她那情人的姿态使她的脚踝显得很纤弱（也许是很完美）。她当然不是克莱尔·贝斯，但我也不敢说她就是迪德科特车站的那个女孩，尽管我们就在迪德科特车站。我想，就算看到她的脸——假如她转身——我也不会这么说，因为她的脸早已模糊，与其他面孔混作一团，就像我现在的记忆。我并不感到吃惊，仿佛这一切跟我毫无关系（我没有参与其中，我的眼里蒙着一层纱），我只想到五十年代特里·阿姆斯特朗可能也结婚了。或许正因此，我不为克莱尔·贝斯担心，我过去和现在都很肯定，她丈夫和她会永远在一起。如同过去代入她丈夫的角色，在极度的困倦中，我只想到："希望他们上火车后不要碰到鲁克。否则他们会难堪，会笑不出来，因为现在不是回牛津的时辰。"日出时间是04：46，直到21：26才日落，不知道会不会有月亮。不管怎样，我已经看不到悬在空中的、温和的月亮了，也听不到黄昏时仍敲个没完的钟声了。

现在，在马德里，光线会逐渐发生变化。有时到了黄昏时分，在丽池公园，我也推着或拉着婴儿车，里面是我刚出生的孩子。所以，现在我更像牵着儿子埃里克的克莱尔·贝斯了，也像牵着瘸狗的马里奥特，还有卖花的吉卜赛姑娘简（她在人行道上拉着她的商品，丈夫从未下车帮忙），还有那个抱着从利物浦港口大火中抢救出来的风琴的老乞丐，还有高兹华斯——在沙夫茨伯里大道推着那辆满载啤酒的维多利亚式婴儿车，步履坦然地走向黑暗。但跟高兹华斯不那么像的是，我如今让生活给追上了，终于走入了生活的中心，身上增加了孩子这个负担。我有时会忘记这个孩子，我现在还对他一无所知，甚至不知道他会像我还是像他母亲，那个我一次次亲吻的人。我已经不像迪尤尔，不像赖兰兹，也不像克罗默-布莱克，他们什么也不推，什么也不拉。克罗默-布莱克和赖兰兹已经死了，所以我跟他们的相像之处更不明显了；他们不再幻想未来的事情，而我正好相反，对必要到来的一切仍有幻想："引擎"埃斯特韦斯、我的妻子路易莎，还有这个刚刚出生的儿子。通常情况下，他会活得比我们都久，甚至比小孩埃里克还要久。其他人仍然活着。克莱尔·贝斯还活着，她会有另一个情人，我与她没有信件往来。印度医生达亚南德活着，不过看上去活不了太久了。卡瓦纳还活着，他时不时会来马德里，给我讲述那个静止的、封存在糖浆里的城市的故事。他是在水中跟我讲述这一切的。迪尤尔活着，但他已经死了，在他响着白噪音的房间里，独自一人用三种语言吟诵诗歌，他应该已经忘记了我。威尔还活着，这位上了年纪的门房，以他清澈的目光（马德里没有这样的目光）继续挥手向人们道早安，把他的时间和我的时间混淆，也许还会用我的名字来称呼他人（因为对他来说，我没有走；对他来说，所有的灵魂都活着），尽管据我所知眼下泰勒院还没有任何布兰肖先生出现过。我想缪丽尔也会活着，生活在过去曾是怀奇伍德森林的地方，在两条河之间，在那片曾经的森林里。我面前还有那时没花掉的几枚硬币（我把它们放进一个铁盒子里，听到它们在一对耳环旁叮当作响）。我本可以把它们留给小孩埃里克的——这时他该从布里斯托尔回来度假了，但某一天我这个新出生的孩子可能也会想收集硬币。小孩埃里克活着，并成长着。

一九八八年十二月

后记

谁在写作?[①]

在创作我最近出版的小说《万灵》(1989) 时，作为作者，我遇到了一种全新的情形，这在我写前五部作品时都没有出现过。这部小说的故事发生地设定在牛津，"我"作为叙述者和主角，刚刚在那里度过了两年时间。小说采用了第一人称叙事，这种叙述的一部分与我旅居英国时写给西班牙友人的信不能说毫无关联。这个叙述者在小说中担任跟我同样的职务或职位，而且我也不能否认，他住在跟我完全一样的家里。书中其他几个人物跟我在牛津认识的人有一点点共通之处，但在《万灵》中，没有一个人物是写实或可以对号入座的。举个例子，名为"托比·赖兰

[①] 本文为作者于 1989 年 11 月 7 日在马德里"小说人物研讨会"上所做的演讲。讲稿首次部分发表于《小说人物》(讲堂出版社 / 文化部，马德里，1990)。收录于《文学与幽灵》(阿尔法瓜拉出版社，1993)。

兹"或被称为"文学泰斗托比·赖兰兹"的人，从相貌上看，跟我在牛津相识并往来的一位退休老教授几乎完全吻合。然而，相似之处差不多也就是这些，书中这一人物的性格特点借自另一位老人，维森特·阿莱克桑德雷①，我有幸在他的人生尽头与他相识。至于"托比·赖兰兹"说的话（小说中他最突出的也是最长的一段话出现在第137至148页②，是与叙述者聊天时的独白），我可以保证，无论是牛津的退休教授还是维森特·阿莱克桑德雷都从未说过。跟我之前那本《多情人》（1986）中任何一个人物的语言一样，它们完全出自我本人的想象。

我并没有忽视这个事实：将自己的经历与见闻和想象或虚构的内容相融合的手法并无特别之处，而且肯定是或曾经是这世界上多数小说的创作基础。不过，这并不意味着这种做法对我而言就毫无怪异之处。我之前从未使用我自己见过、听过、知道的内容（一些无足轻重的细节除外）来搭建我本人的小说。至少我没有在"知情"的情况下这么做，但恰是在《万灵》中，我无可奈何地非这么做不可。

---

① 维森特·阿莱克桑德雷（1898—1984），西班牙诗人，1977年获诺贝尔文学奖。
② 此处页码指《万灵》原版页码，后同。

同时，从一开始，我就知道我手中是一部小说而不是自传，不是自身发生或经历事件的回忆，尽管书中的一些片段十分接近我的经历。（顺便一提，这本书的法语版书名是 *Le Roman d'Oxford*[①]，着重强调了"小说"一词，而我也曾想过用 *La novela de Oxford*[②] 作为西班牙语版的书名。）

刻画小说人物时，我发现在自己其他的小说中，所有人物的起源都是同样的（这么说吧，都源自"想象"），这次则完全不同。《万灵》中的人物由来迥异而多样，尽管每个人的刻画方式都是独立且独一无二的。仔细想想就会发现，小说人物的由来共有三类：1）纯粹想象出来的，我之前的小说人物均属此类；2）历史人物（作家约翰·高兹华斯）；3）受到真实人物的启发创作出来的，确切地说，与真实人物或多或少有联系的那些。

我不打算讲述第一类人物，其主要代表是"克莱尔·贝斯"，因为唯一的新问题就是如何把这类人物嵌入进来，使其与其他来源的人物共存于一个平面。我也不打算聊作家约翰·高兹华斯，因为太复杂，需要另一篇这样的文章甚至一本书才能说清。第三类包括之前提到的"托

---

① 法语，意为"牛津小说"。
② 西班牙语，意为"牛津小说"。

比·赖兰兹"还有其他好几个人物。我打算讲一讲最引人注目且最棘手的那个——叙述者,我也称之为"西班牙人",书中有两三次就是这么称呼他的。

我说过,这个人物跟我本人的相似之处(姑且称之为"可证实的那部分")太多,我认为"掩饰"反而是可笑的。我没有对他做任何外貌描写,也没有给他起名字(也就是说,我打算保持一种模糊性。假如叙述者哪天说自己是红头发、身高一米九,或相反,是栗色头发、身高一米七;或者说自己叫胡安、佩德罗,或相反,叫哈维尔,这种模糊性就会被彻底打破)。除此之外,我还决定不要为了叙述而刻画出一个假想的声音、一个假冒者。我的小说《多情人》中,叫作"那不勒斯的狮子"的人物就是这类假想叙述者。在《万灵》中,我并没有回避自己的声音,也就是我平常写作时习惯或自然使用的表达方式,比如我在英国给朋友写信时的方式。然而,尽管我把自己的声音以及我的一部分经历借给了这位叙述者或西班牙人,尽管我俩之间有相似之处,我知道他终究不是我,而是一个与我不同的人。可以这么说,这个人物是"我可以是但最终没能是的人"。

我不会否认,在写《万灵》之初,我还不那么清楚两者的区别,但现在书已经写完并出版、脱离我而存在了,我很清楚两者的区别了。我不知道小说开头的一句话是不是反映了我的愿望:从一开始就做出这个实属不易的区分。在小说开篇,大家可以读到以下文字:

> 不过,要谈论他们就得谈到我自己,谈我在牛津的时光,尽管现在正说话的人已经不是当初待在牛津的那个人了。看似是同一个,实则不然。如果我把自己称作"我",或者使用自出生便伴随我且将来一些人赖以回忆我的名字;如果我讲的事情跟其他人安在我头上的事情恰巧吻合;如果我把居住了两年、之前或之后都由其他人居住的房子称作"我的家",那只是因为我更希望用第一人称来讲述,而不是因为我相信仅凭记忆一个人便可以始终如一,哪管时移世易。在这儿讲述目睹与经历之事的人已不是当年目睹与经历那些事的人了。他也不是那个人的延续,不是他的影子、继承者甚或篡位者。

以上内容摘自小说第一段,出自叙述者之口。不可否认,这已经是小说的一部分了。叙述者负责讲述接下来的所有内容。但创作时，这些句子很可能"仍然"是我的，是作者的；而在这儿，恰恰是通过这些句子，作者跟自己告别（或者向自己辞行），以便将话语权真正地交给叙述者——西班牙人。我认为，只要能做出这样的声明，以这样的方式第一次参与之后就可以退出了。换个方式讲，我需要明确建立起这种费力的区分，把"在这儿讲述目睹与经历之事的人"和"目睹与经历那些事的人"区隔开来，以此来否认两者的同一性。但这种区分或区别建立在一个常识上：没有人自始至终是同一个人，（至多）不过是靠着记忆或名字保持自己的同一性罢了，因此我担心这并不足以让我把自己——哈维尔·马里亚斯从文中、从叙述中剥离出来。所以，书中又写道："不是那个人的延续，不是他的影子、继承者甚或篡位者。"这句话比前一句更能真正让我和自己告别，它意味着我得到了必要的自由，让"我"和完全虚构的或我之前所说的假冒者一样，能够无所顾忌、毫不羞赧地讲述，而这正是惯常的讲述方式。有趣的是，这里引用的最后一句话之所以成立且真实（我认为如此），恰恰是因为我们没法知道是谁写下了它——是叙述者，还是作者？或者更确切地说，是两者共同写下了它。

的确，（对我这个作者而言）一旦确立了作者和叙述者之间的这种分割或区分，我便感到自由，之前我说过，我不仅可以把自己的声音或写作的习惯借给这位西班牙人，还可以把他乔装成我自己，至少在最附属、最次要的部分。举个例子，叙述者曾提到自己的童年，回忆起一位上了岁数的保姆带着他和三个兄弟姐妹走过"赫诺瓦街、科瓦鲁维亚斯街和米开朗琪罗街"。我确实有三个兄弟姐妹，科瓦鲁维亚斯街是我出生之后度过几年的地方，我的小学位于米开朗琪罗街，赫诺瓦街是我常常看电影的地方。叙述者的生日是九月二十日，而这也恰好是我的出生日期。

有了之前引用的那句话，我就能心安理得地乔装打扮，跟书中的我分离开来了。然而百十来页后，这种做法却成了一把双刃剑。这么说吧，之前我定义为"本可能是我"的叙述者，却开始变得"不是别人，只能是我"。"不是那个人的延续，不是他的影子、继承者甚或篡位者"这句话在我看来，达到的目的就是让叙述者谁也不是——也正因此可以是任何人。对我来说，叙述者不是我的（也不是他的）延续、影子、继承者甚或篡位者，这在开篇就给了叙述者绝对的自主权。我说过，我甚至会把自己过去人生中的特点、瞬间或场景借给他，却不必担心与他混为一体。毕竟，要跟一个本质上"谁也不是"的人混淆是很难的。好，这一切都是我——写作的人在写作之时采取的角度。从这个角度来看，刚才提到的几句话赋予了我权力，让我把自己当成虚构人物来对待（这一点刚好符合"我可以是但最终没能是的人"），或者把虚构人物当成自己来对待（这一点刚好符合"谁也不是但与我很相像的人"）。"谁也不是"的那个人，或者不干脆利索地"谁也不是"的那个人，慢慢地越来越像我了。于是出现了一个新问题。作者、写作的人、写作时的我的观点退居到次要层面。在某个特定时刻，我意识到，如果说为了我自己的任务，如果要进行或完成叙事，从一开始就解决视角问题很重要，甚至很关键；没有完全解决的，是读者对这个人物、这个西班牙人的认知。小说第一段进行的原则性声明，可能会被读者忘记，在叙述真正开始以后就会被搁置到一边，于是，从他的角度来看，这种声明也就没什么分量、效果和价值了。对于跟作者亲近的读者来说是这样，对于陌生而无名的读者来说也是。大家在书封上会看到作者简介，说他"曾于一九八三至一九八五年间在牛津大学担任西班牙文学教授"，这会让大家把一开始的声明当成一种纯粹的写作手法，而把我——作者本人——当成叙述者这个人物或这个人。在某种意义上，这样的同化、认同（或同化、认同的倾向）过去和现在都是不可避免的——我之前说过——叙述者扮成我，以我为特点或拥有我的很多特点，就会带来这样的结果：叙述者就算不是我，也只能是我，而不会是"谁也不是"的人，不会是"任何人"，不会是"我之外的另一个人"——尽管这实际上才是我的意图。于是，在某个特定时刻，我需要一个不在场证明（更多地从读者而不是作者的角度出发），使得叙述者至少可以成为"我之外的另一个人"，换句话说，确保他不必非得是我不可（即便是虚构的我）。

我选择的方法或策略很简单，尽管达成这一选择并不容易。我只需要赋予叙述者一个跟我、跟作者毫无瓜葛的场景或事实就可以了。某个时刻，叙述者讲述道，在牛津待了两年之后，他回到了自己的家乡马德里，距离写作的时间没几个月，他结了婚有了孩子。我从未结婚，也没有过孩子，这是唯一可以被证实的个人信息，这一信息可以让任何读者——不管对作者熟悉还是陌生——都无法建立起叙述者和作者之间的完全同一性。我还得再加一句，这个可被证实的信息让我有了更大的自由，可以在叙述者和我之间任意增添相似之处。在我看来，这并不会打破我特意建立起来的模糊性——不赋予这个叙述者名字，也不做任何外貌描写。我的观点是,第99页采用的策略(让叙述者已婚并有了一个孩子)和从一开始就摒弃的策略(将叙述者设定为红头发、高个子或取名为胡安)之间有一个本质的区别,那就是,我,作者,永远不可能是一个红头发的人,也不可能身高一米九,也不可能名叫胡安(因为我的名字是哈维尔);但是,我,作者,倒的确有可能在从牛津归来后结婚并有一个孩子。通过这样一个简单至极的说辞(从另一方面来说,不仅是说辞,对小说的故事情节来说也是必要的),叙述者可以继续尽情累积作者乔装打扮后的特点或成分,而模糊性无论如何也不会被打破。总之,在全文中,这个叙述者既可以是"我可以是但最终没能是的人",也可以是"谁也不是但与我很相像的人"。最终——我也乐意这么相信——也可以不是任何人,或者是任何人,或者不仅是我还是另一个人。

哈维尔·马里亚斯
一九八九年

图书在版编目（CIP）数据

万灵 /（西）哈维尔·马里亚斯著 ；徐蕾译.
海口 ： 南海出版公司, 2025. 7. -- ISBN 978-7-5735
-1069-3

Ⅰ. I551.45
中国国家版本馆CIP数据核字第2025UM0030号

著作权合同登记号 图字：30-2020-097
Todas las almas
Copyright © The Estate of Javier Marías
Simplified Chinese Translation Copyright @2025 by Thinkingdom Media Group Ltd..
Published by agreement with Casanovas & Lynch Agency S. L. through The Grayhawk Agency Ltd.
All rights reserved.

万灵

〔西班牙〕哈维尔·马里亚斯 著
徐蕾 译

出　　版	南海出版公司　（0898）66568511
	海口市海秀中路 51 号星华大厦五楼　邮编 570206
发　　行	新经典发行有限公司
	电话 (010)68423599　邮箱 editor@readinglife.com
经　　销	新华书店
责任编辑	侯明明
特邀编辑	尹子粤　王心谨
营销编辑	刘明辉　罗淋丹　李琼琼
装帧设计	韩　笑
封面摄影	丁进阳
内文制作	张　典
印　　刷	北京盛通印刷股份有限公司
开　　本	850 毫米 ×1168 毫米　1/32
印　　张	8.5
字　　数	136 千
版　　次	2025 年 7 月第 1 版
印　　次	2025 年 7 月第 1 次印刷
书　　号	ISBN 978-7-5735-1069-3
定　　价	68.00 元

版权所有，侵权必究
如有印装质量问题，请发邮件至 zhiliang@readinglife.com